PETER GERDES (Hrsg.)

Fiese Friesen 2 – Kriminelles zwischen Meer und Moor

DÜNE, WATT UND MORD Die Liebe zu Ostfriesland macht viele Touristen zu Wiederholungstätern. Aber Vorsicht – Liebe kann auch blind machen! Denn Ostfriesland, das Land der Gegensätze, gestählt durch den ständigen Kampf gegen die Gezeiten, ist längst nicht immer und überall so friedlich, wie es uns glauben machen will. Zwischen Meer und Moor, Deich und Düne, Torf und Tee wuchern die Konflikte um die Wette, und allerorten reifen die Mordpläne. Dann zeigt sich, wie fies die Friesen werden können! Ob es nun gegen übergriffige Vermieter, gegen kleine Raubfische oder große Immobilienhaie geht, ob alte Rechnungen beglichen oder neue Geliebte entsorgt werden sollen – Friesen sind findig. Nicht jeder große Coup gelingt, aber längst nicht jeder Missetäter landet am Ende vor Gericht. Denn auch die friesische Polizei ist manchmal sehr speziell …

Peter Gerdes, geboren 1955 in Emden, lebt in Leer (Ostfriesland). Er studierte Germanistik und Anglistik, arbeitete als Journalist und Lehrer. Seit 1995 schreibt er Krimis und betätigt sich als Herausgeber. 1999 übernahm er die Leitung des Festivals »Ostfriesische Krimitage« und wurde 2018 CRIMINALE-Beauftragter des SYNDIKATS. Die Krimis »Der Etappenmörder«, »Fürchte die Dunkelheit« und »Der siebte Schlüssel« wurden jeweils für den Literaturpreis »Das neue Buch« nominiert.
Mehr Infos unter: www.mordwesten.de

PETER GERDES (Hrsg.)

Fiese Friesen 2 – Kriminelles zwischen Meer und Moor

KURZKRIMIS

GMEINER

Personen und Handlung sind frei erfunden.
Ähnlichkeiten mit lebenden oder toten Personen
sind rein zufällig und nicht beabsichtigt.

Immer informiert

NEWSLETTER

Spannung pur – mit unserem Newsletter informieren wir Sie regelmäßig über Wissenswertes aus unserer Bücherwelt.

Gefällt mir!

Facebook: @Gmeiner.Verlag
Instagram: @gmeinerverlag
Twitter: @GmeinerVerlag

FSC www.fsc.org MIX Papier | Fördert gute Waldnutzung FSC® C014496

Besuchen Sie uns im Internet:
www.gmeiner-verlag.de

Im Ehnried 5, 88605 Meßkirch
Telefon 07575/2095-0
info@gmeiner-verlag.de

1. Auflage 2023

Lektorat: Claudia Senghaas, Kirchardt
Herstellung: Mirjam Hecht
Umschlaggestaltung: U.O.R.G. Lutz Eberle, Stuttgart
unter Verwendung eines Fotos von: © Willowpix / istockphoto
und Inga Nielsen / shutterstock.com
Druck: GGP Media GmbH, Pößneck
Printed in Germany
ISBN 978-3-8392-0129-9

INHALT

NERVEN BLANK

RALF KRAMP

Mal ganz unter uns, von Amts wegen darf ich das eigentlich nicht weitererzählen, aber ich weiß ja, dass das bei Ihnen gut aufgehoben ist. Sie sind ja auch nicht von hier, da besteht keine Gefahr, dass das den falschen Leuten zu Ohren kommt. Gut, ich bin auch kein gebürtiger Ostfriese, aber das gütige Schicksal hat mich vor etwa anderthalb Jahrzehnten hierhin geführt, da war ich … warten Sie mal … 35. Ja, 35 muss ich da gewesen sein. Zuerst Studium der Rechtswissenschaften in Göttingen, dann zweite juristische Staatsprüfung in Hannover, da bin ich dann ein paar Jahre geblieben, tja, und dann wurde diese Stelle frei. Richter am Amtsgericht Aurich, erste Zivilkammer. Klingt gemütlich, oder? Unter uns: Ist es eigentlich auch. Klar, da gibt es immer auch mal Stress, aber im Großen und Ganzen muss schon viel passieren, bis bei uns mal die Nerven blankliegen.

Nerven blank … ja genau, das wollte ich Ihnen doch erzählen: Schon mal was von Temmo und

Wilko Joken gehört? Den Zwillingen vom *Jokenhof*? Nein? Ja, um die geht es. Ist auch ganz gut so, dass Sie die nicht kennen. Wie gesagt, eigentlich dürfte ich darüber nicht … egal. Temmo und Wilko sind Zwillinge, 78 Jahre, ziemlich verschroben. Die kennt hier in und um Aurich herum jeder. Das sind so zwei schwer vermittelbare Junggesellen. Sehr eigen, sehr speziell. Meine Frau rümpft immer die Nase, wenn ich abends zu Hause erzähle, dass die zwei mal wieder bei uns zu einer Verhandlung angetanzt sind.

Wie? Oh ja, das passiert dauernd. Irgendwas haben die immer. Grundstücksgeschichten, Beleidigungen, üble Nachrede, solche Sachen eben.

Ich habe da mittlerweile richtig Vergnügen dran. Meine Frau, wie gesagt, die kann daran nix Komisches finden, aber die kommt ohnehin nicht so gut mit der hiesigen Bevölkerung klar. Manchmal glaube ich, dass sie am liebsten in Hannover geblieben wäre. Na ja, da kann ich ihr leider nicht helfen.

Jetzt sitzt sie mir gegenüber, während ich gemütlich frühstücke und in der *Ostfriesen-Zeitung* blättere. Sie tippt auf ihrem Handy rum und organisiert ihren Tagesablauf. Fitnessstudio, Fingernägel, Friseur – die drei Fs. Ich komme nicht von ungefähr gerade jetzt auf Temmo und Wilko, denn mit der fetten Schlagzeile in unserer Tageszeitung haben genau diese beiden alten Zausel zu tun.

»Liebling«, sage ich und schlürfe am Kaffee.

Sie guckt gar nicht auf und fragt nur: »Hm?«

»Erinnerst du dich, dass ich erst letzte Woche gesagt habe, dass Temmo und Wilko schon lange nicht mehr vor Gericht waren?«

»Hör mir auf mit denen«, murmelt sie mit zusammengekniffenen Augen. »Weiß gar nicht, was du an den Blödmännern so ulkig findest.«

Ja, was finde ich an denen eigentlich so ulkig?

Als ich vor 15 Jahren hierherkam, hatten sie gerade diesen erbitterten Erbstreit. Ihre Mutter, die alte Johanne Joken, hatte gerade mit knapp 90 das Zeitliche gesegnet. War mit dem Trecker im Berumfehner Moor von der Straße abgekommen und in einen Schloot gekippt. Die Brüder warfen sich damals gegenseitig vor, nicht auf die schon reichlich demente Mutter aufgepasst zu haben. Und nachdem die Beerdigung mit allen Drum und Dran erledigt war, ging der Streit um das Erbe los.

Nur einen Steinwurf vom alten Hof zwischen Eversmeer und Neuschoo hatten die Jokens in den 90ern einen Neubau hingesetzt. Das hatte damals schon für verschiedene juristische Auseinandersetzungen gesorgt. Der Vater, der alte Lübbo, war wohl auch schon so ein Kaliber. Nachdem jetzt die Eltern tot waren, stand eigentlich fest, dass Temmo den alten Hof und Wilko den Neubau bewohnen sollte. Nach dem Streit um den Tod der Mutter war aber Temmo damit nicht mehr einverstanden, und dann wurde Wilko, der sich bereits im neuen Gebäude eingerichtet hatte, da wieder rausgeklagt. Zwei Jahre lang ging das dann vor Gericht hin und her, die Anwälte haben eine Menge Geld verdient, und dann musste Temmo wieder aus dem Neubau zurück auf den alten Hof. Und wenn Sie jetzt denken, dass es das damit gewesen wäre, liegen Sie falsch. Drei Mal ging das hin und her! Und jetzt wohnt Wilko also im elterlichen Hof, und Temmo sitzt im Neubau. Oder doch andersrum? Ist ja auch egal. Das wäre also wohl endgültig geregelt, könnte man meinen, aber danach ging der Kleinkrieg erst richtig los.

Der Wilko stellt jedes Jahr im Sommer so eine hässliche zerlumpte Vogelscheuche in den großen Kirschbaum. Dass der das Gesicht von seinem Bruder hier im Copyshop hat groß ausdrucken lassen und der Vogelscheuche als Gesicht aufgeklebt hat, hätte auch nach hinten losgehen können, denn immerhin sind sie ja Zwillinge. Aber sein Bruder hat so eine Narbe auf der linken Wange, weil er als Kind mal kalte Ravioli direkt aus der Dose gegessen hat, ohne Besteck, nur mit dem Mund. Die Narbe hat Wilko auf der Vogelscheuche mit Edding ganz fett in Rot markiert.

Dann kam die Sache mit dem *Spüli.* Die Kühe vom Wilko hatten plötzlich alle Schaum vorm Mund, nachdem sie auf dem Feld aus der Wassertränke gesoffen haben. Und sie haben gut aus dem Hals gerochen.

Gar nicht gut aus dem Hals gerochen hat dagegen der Temmo, als sie ihn zwei Monate später verhaftet haben, weil er in der Nacht zuvor angeblich stockbesoffen acht Hühner seines Bruders mit dem Luftgewehr abgeknallt hat. Darunter war auch der

Zuchthahn Scooter, mit dem Wilko 2004, 2005 und 2006 den ersten Platz bei der *Rassegeflügelschau* in Aurich gemacht hat.

Dafür hat der Wilko ihm ein paar Wochen später die Hälfte seiner Schafherde mit Bitumen geteert.

Das waren alles so hinterhältige Sachen. Irgendwie ist keiner von denen jemals verurteilt worden, denn entweder war die Beweislage zu dünn, oder die Anwälte haben die immer wieder rausgepaukt. Ich glaube, die haben fast ihr ganzes Vermögen vor Gericht verbraten.

»Erinnerst du dich noch an die kleine Hütte?«, frage ich meine Frau, die sich immer noch sehr intensiv ihren drei Fs widmet. Sie blickt kurz von ihrem Handy auf und runzelt die Stirn. »Hütte?«

»Ja, die kleine Hütte, die genau auf der Grenze zwischen den Grundstücken vom alten und vom neuen *Jokenhof* steht. Das hat bei den beiden damals das Fass zum Überlaufen gebracht!«

Sie schnaubt verächtlich. »Lass mich doch mit den zwei Idioten in Ruhe.«

Ja, die zwei Idioten ... Bei der Hütte haben sie endgültig bewiesen, dass sie das sind.

Das ist so eine winzige Bruchbude auf einem kleinen dreieckigen Stückchen Brachland an einer Stelle, wo die jeweiligen Grundstücke der Brüder aneinandergrenzen. Da hatte der alte Joken einen Bollerofen drin gehabt und ein paar Schnapsflaschen, und wenn es anfing zu regnen, dann kroch der da schon mal unter, um trocken zu bleiben. Manchmal auch bei schönem Wetter, wenn er Krach mit seiner Johanne hatte.

Um diesen Kotten hatte sich jahrzehntelang keiner gekümmert, bis der Temmo auf einmal beschloss, der gehöre zu seinem Anwesen, und den als kleine rustikale Ferienunterkunft an die Touristen vermieten wollte. Da hat Wilko ihn ganz fix rausgeklagt, weil er nämlich der Meinung war, dass die Hütte zu seinem Anwesen gehört. Und dann hat er die Idee seines Bruders fortgeführt. Aus Temmos *Huuske* wurde da ruck-zuck Wilkos *Huuske.*

Das geht natürlich nicht so einfach, denn streng genommen hat es für das Ding nie eine Baugenehmigung gegeben. Und dann gibt es ja auch noch Beherbergungsgesetze und Hygienevorschriften … Ich will Sie nicht mit juristischen Interna langweilen. Jedenfalls gab es nicht weniger als 17 Klagen wegen dieser Bretterbude. Der Wilko wollte sie abreißen und ein Windrad da hinbauen, dann hat der Temmo den Denkmalschutz eingeschaltet … völliger Quatsch natürlich, aber das dauert, dauert und dauert. Ich bin irgendwann da rausgefahren und habe mir das Ding mal aus der Nähe angeguckt. Sieht ziemlich heruntergekommen aus. Bett, Tisch, zwei Stühle … Alles stockfleckig und staubig. Wie man darum so einen Wind machen kann, ist mir wirklich schleierhaft.

Und dann kam plötzlich irgend so ein Lokalhistoriker mit einer alten Karte, und der konnte beweisen, dass das kleine dreieckige Grundstück in Wirklichkeit der Stadt Aurich gehört, und dass die Brüder schon wieder mal ein paar Jahre völlig umsonst prozessiert hatten.

Da eskalierte dann alles, da lagen die Nerven endgültig blank.

Platte Reifen an Wilkos Geländewagen, Temmos Todesanzeige im *Wochenblatt*. *Glyphosat* in Wilkos Gemüsegarten, kaputte Scheiben an Temmos Gewächshaus. Wenn die all die Energie, die sie an ihre jeweiligen Rachefeldzüge verschwendet haben, in ehrliche Arbeit investiert hätten …

Irgendwann hielt *Aurich TV* es für eine gute Idee, den Zwist mal im Fernsehen aufzuarbeiten, und dann konnte eines Abends die Bevölkerung diese beiden Hornochsen in all ihrer Pracht und Herrlichkeit auf dem heimischen Bildschirm bestaunen.

»Wenn der Temmo noch einmal seinen Fuß in diese Hütte setzt«, schnaubte der Wilko mit blutunterlaufenen Augen, »dann knall ich den ab!« Ich schwöre es, das hat der wirklich vor laufenden Kameras von sich gegeben.

Und der Temmo, der hat sogar noch seine Flinte präsentiert. »Hier, guckt genau hin! Mit dem Schießprügel baller ich dem Wilko ein Loch in die Birne, wenn der sich noch mal der Hütte nähert!«

Das kann man sich alles nicht ausdenken.

Ich selbst hab die zwei mindestens acht oder neun Mal bei mir im Gerichtssaal gehabt. Eine Kollegin sogar elf Mal!

Und wozu das alles? Für nichts und wieder nichts!

Obwohl …

Mein Blick wandert noch einmal über den Zeitungsartikel mit der fetten Schlagzeile. Jetzt ist wohl bei einem von den beiden endgültig die Sicherung durchgebrannt. Oder bei beiden. Man weiß es nicht so genau.

MÄNNLICHE LEICHE
IN DER HÜTTE AM JOKENHOF

Weder Temmo noch Wilko, so viel scheint schon mal festzustehen. Ein junger Mann, der sich da besser nicht reingetraut hätte. Kann keiner von hier gewesen sein, sonst hätte er einen weiten Bogen um die Bude gemacht.

Womöglich sind beide gleichzeitig mit der Flinte auf ihn losgegangen, haben von beiden angrenzenden Grundstücken auf ihn geschossen.

Ich schiebe meiner Frau die Zeitung hin. Vielleicht interessiert sie ja die Schlagzeile, obwohl sie sich eigentlich nie für die zwei Prozesshanseln interessiert hat. Aber sie guckt gar nicht auf. Seit gestern Abend ist sie sehr mit ihrem Handy beschäftigt. Wen immer sie da auch erreichen will, reagiert nicht. Frantek heißt er, so habe ich im Laufe der Zeit herausgefunden, wenn ich mir ab und an mal heimlich ihren Chatverlauf angeguckt habe. Ist Pole, wohnt in Oldenburg und macht Musik in einer Band. Sie hat ihn wohl auf einem Festival in Manslagt kennengelernt. Frantek, ha! Sind ja sogar vier F, die meine Frau so auf Trab halten!

Tja, sie hätten sich wohl besser weiter in Oldenburg getroffen, obwohl das natürlich sehr umständlich ist. Warum kommt der auch auf einmal hierher, nach Aurich?

Unter anderen Umständen wäre der Kotten der Jokens ein ganz hübsches Liebesnest, und deshalb hab ich den Polen gestern Abend mit einer SMS von ihrem Handy für 22 Uhr dahin bestellt. Und die Nachricht gleich wieder gelöscht, klar. Eine Kerze sollte er ins Fenster stellen. Tja, ist meine romantische Ader.

Ich bin gespannt, ob einer von den Zwillingen dafür ins Kittchen wandert. Wäre schon irgendwie schade, oder? Wenn der ganze Zank jetzt so plötzlich beendet sein soll ...

Nun ja, da sieht man mal wieder: Kein Ding ist so schlecht, dass es nicht doch für irgendwas gut wäre. Keine Angst, ich verschone Sie jetzt mit meinen Binsenweisheiten. Ich bin jedenfalls froh, dass Sie das alles für sich behalten. Aber Sie verstehen doch, dass ich das einfach irgendjemandem mal erzählen musste, oder?

FREIE KUNST FÜR MOORMERLAND

BARBARA WENDELKEN

Darf ich fragen, wer hier vertreten ist? *Ostfriesen-Zeitung*, *Ostfriesische Nachrichten*, *Anzeiger für Harlingerland* und *Ostfriesen-TV*? Keine überregionalen Medien? Nun gut, dann muss das eben reichen, auch wenn ich mir größere Resonanz erhofft hatte.

Wo ist die Kamera? Bitte filmen Sie mich von rechts, das ist meine Schokoladenseite. Danke. Machen wir vorher eine Tonprobe? Unnötig? Wie Sie meinen. Dann fange ich einfach an.

Meine Damen und Herren, betrachten Sie diese Veranstaltung als das letzte Aufbäumen einer gequälten Seele, einen Aufschrei gegen die Windmühlen einer hinterwäldlerischen Bürokratie, staatlichen Borniertheit und stumpfer Ignoranz.

Sie werden mir wohl recht geben, dass jeder Ort seinen eigenen Kulturschaffenden braucht, dessen Werk unlösbar mit dem Ort verbunden ist. Einen

Künstler, der bei jedem kulturellen Event das Tüpfelchen auf dem I ist, das Sahnehäubchen, die Krönung. Moormerland, das ist Ihnen hoffentlich aufgefallen, ist in dieser Hinsicht ein weißer Fleck auf der kulturellen Landkarte.

Deshalb habe ich mich entschieden, diesen Platz einzunehmen. Im Interesse der Samtgemeinde Moormerland und der gesamten Region. Mein Name ist Friedo. Friedo mit i-e, bitte schreiben Sie das richtig. Friedo, das passt nahtlos in eine Reihe mit Christo, Dali und Banksy. Sie lachen, finden Sie das anmaßend? Das habe ich nicht anders erwartet, junge Frau. Alle großen Künstler mussten gegen Missachtung und Neid kämpfen, bevor ihr Genie erkannt wurde. Ich möchte mal sagen: Sie werden sich noch wundern. Dass ich zu einem so ungewöhnlichen Mittel wie einer Geiselnahme greifen muss, um endlich bemerkt zu werden, liegt einzig und allein an der Engstirnigkeit der Moormerländer, und hier möchte ich im Besonderen unseren Bürgermeister hervorheben. Im Übrigen sehen Sie ja selbst, dass es meiner Geisel gut geht. Noch. Ich bin kein gewalttätiger Mensch. Man zwingt mich zu dieser Aktion. Machen Sie das bitte in Ihren Berichten deutlich.

Ich sehe, dass es bereits Fragen gibt. Bitte, die junge Frau in der gelben Jacke. Welche Zeitung vertreten Sie? Die *Ostfriesen-Zeitung*. In Ordnung. Ich höre.

Ob ich in Wahrheit Friedrich Knaller heiße, Lehrer bin und am Missgunster Weg wohne? Moment. Ich möchte nicht, dass Sie das jetzt aufnehmen. Kamera aus, sonst geschieht ein Unglück. Vergessen Sie nicht, dass das Wohlergehen meiner Geisel in Ihren Händen liegt.

Die Kamera ist wirklich aus? Gut. Es stimmt. Laut Papier heiße ich Friedrich Knaller, und dieser Name hat mich 57 Jahre lang zum Gespött der Leute gemacht. Nicht mal meine Schüler haben mich ernst genommen. »Fidiknall« haben sie mich genannt und mich damit in den Wahnsinn getrieben. Auf Anraten meines Psychologen habe ich mich vorzeitig pensionieren lassen, was mir endlich die notwendige Zeit für meine Kunst schenkt.

So, Sie können weiterfilmen. Von rechts, sagte ich. Herrgott, muss man denn alles zweimal sagen?

Aufnahme läuft? Gut. Ich, also Friedo, möchte etwas bewegen. Hier in Moormerland, meinem Heimatort, mit meiner Kunst. Und das ist nicht so einfach. Deshalb, nur deshalb stehen wir heute hier im Rathaus.

Kunst, meine Herrschaften. Da herrscht bei uns gähnende Leere. Selbst im Umland findet man nicht viel, höchstens diese Statuen eines gewissen Herrn Böck. Die Theda mit der Teetasse in der Hand oder die Meerwiefke am Hafen.

Wie? Der Mann hieß Böke und die Statue Teelke? Das spielt doch keine Rolle, junge Frau, weil diese naturgetreuen Nachbildungen der Realität ohnehin nichts mit Kunst zu tun haben. So etwas kriegt doch nun wirklich jeder zustande.

Hören Sie mal, ja, Sie da hinten, der Mann mit dem Bart, wenn Sie nicht aufhören zu lachen, lasse ich Sie auf die Straße setzen. Diese Veranstaltung soll gewiss nicht dazu dienen, mich weiteren Verunglimpfungen auszusetzen.

Ich stehe hier, um über meine Kunst zu reden. Und damit wären wir beim Thema. Kunst. Echte Kunst muss verfremden, muss Fragen aufwerfen, Fragen, die den Betrachter nicht mehr loslassen, die ihn bis ins Mark erschüttern und in seine Träume verfolgen. Fragen, die sein Leben verändern.

Das ist mein Weg, die wahre Kunst, die aufrüttelt und Schmerzen bereitet. Deshalb stehe ich hier mit einer Waffe in der Hand.

Sie schon wieder, junge Frau? Bitte, ich höre.

Warum ich gekleidet bin wie ein indischer Guru? Nein, das hat keine religiöse Bedeutung.

Ein Künstler darf nicht aussehen wie Herr Hinz oder Frau Kunz. Vielmehr muss er seine eigene Kunst spiegeln. Schreiben Sie das bitte. Und Sie da bleiben mit der Kamera rechts. Sonst breche ich hier ab. Was? Ob meine Waffe geladen ist? Selbstverständlich. Und jetzt reicht es mir. Ich lasse keine weiteren Fragen zu und komme direkt zu meinen Forderungen.

Punkt eins: Ich möchte … ach, was heißt *möchte*. Schneiden Sie das wieder raus, ich *will* das Rathaus verhüllen. Dieser hässliche, in die Jahre gekommene Kasten ist doch nun weiß Gott keine Zierde für die Gemeinde. Und die Pläne für einen Neubau sollen ja wieder vom Tisch sein, wie man hört. Also werde ich den gesamten Komplex in schwarze Folie einschlagen. Schwarze Folie mit fluoreszierenden Sternen. Verstehen Sie den Sinn? Sternenhimmel, Universum, grenzenlose Weite, ein Synonym für Kunst, die keine Grenzen kennt.

Ich habe mein Anliegen dem Bürgermeister vorgetragen, aber der Mann hat nichts verstanden. Er hat sogar behauptet, dass das Verhüllen von Gebäuden nicht auf meinem Mist gewachsen wäre. Wortwörtlich. Auf meinem Mist. Ob ich schon mal den Namen Christo gehört hätte. Ich weiß nicht, was der Schnösel sich einbildet. Was hat das Moormerländer Rathaus bitte mit dem Reichstag gemein? Nichts. Gar nichts. Und die Idee mit dem künstlichen Sternenhimmel stammt ganz allein von mir. Schreiben Sie das bitte auf.

Wir kommen zu Punkt zwei. Ich will dort, wo die Rudolfswieke auf die Westerwieke trifft, diesen hässlichen Schiffsanker oder was das sein soll, entfernen lassen und stattdessen eine zeitgemäße Installation aufstellen. Die Ortswahl ist ideal, weil die Schulbuslinie dort entlangführt. So wird jeder Schüler gezwungen, sich mit meiner Kunst auseinanderzusetzen. Ich denke an eine Inszenierung aus Pferdeskeletten, denen noch Fleisch und Sehnenreste anhaften, als hätte das Raubtier gerade erst von ihnen abgelassen. Das Ganze werde ich durch Kunstharz haltbar und wetterfest machen. Stellen Sie sich das bildlich vor, Sehnen, Muskeln und dann die leuchtend weißen Knochen. Ja, da kommt man ins Grübeln, nicht wahr? Warum leben wir, wie definiert man Schönheit? Was wird aus unseren Körpern, wenn die Seele entschwindet? Gibt es überhaupt eine Seele?

Ich habe also ein weiteres Mal den Bürgermeister aufgesucht. Die Vorzimmerdame, wir reden von meiner Geisel, hat versucht, mich abzuwimmeln. Der Bürgermeister wäre nicht zu sprechen. Nachdem ich eine halbe Stunde gewartet hatte, öffnete sich die Tür, und der Bürgermeister kam heraus. »Ach, unser verehrter Herr Künstler«, begrüßte er mich.

Ich legte ihm meine Pläne dar. Für einen Moment sah es so aus, als hätte ich mein Ziel erreicht. Aber dann, und das ist unverzeihlich, begann der Mann zu lachen. Und dann fragte er, ob ich die Körperwelten von Gunther von Hagens nachahmen wollte. Schlimmer noch, ob mir auch mal etwas Eigenes einfallen würde, und ob es überhaupt legal wäre, das Schaffen eines anderen Künstlers zu imitieren.

Als hätte ich, Friedo, es nötig, andere Kunstschaffende nachzuahmen. Nur weil ein Herr Doktor von Hagen eine Methode entwickelt hat, Leichen zu plastinieren, kann es wohl kaum für den Rest der Welt verboten sein, etwas Ähnliches zu tun. Den Umgang mit Pinsel, Leinwand und Ölfarben darf auch nicht eine Person für sich allein beanspruchen, genauso wenig wie das Bearbeiten von Stein.

Ich sehe, da hebt jemand die Hand. Ich antworte nur noch auf Fragen, die meine Kunst betreffen.

Ja, natürlich werde ich für meine Arbeit echte Tierkadaver verwenden. Was heißt hier Tierquälerei? Ein totes Tier kann man nicht mehr quälen. Nun beruhigen Sie sich mal, es ist ja noch gar nichts passiert. Wenn es soweit ist, dürfen Sie gern gegen meine Installation protestieren. Möglichst öffentlichkeitswirksam, wenn ich bitten darf. Presse schadet nie.

Und jetzt kommen wir zu Punkt drei meiner Forderungen.

Sie erinnern sich bestimmt an den Schlagzeuger der *Beatles*. Paul McCartney, der war mit einer Chinesin verheiratet. Die trug immer so einen dunklen Hut. Der gute Mann wurde ja leider erschossen.

Wie bitte? John Lennon und nicht Paul McCartney? McCartney lebt noch und hat niemals Schlagzeug gespielt? Und die Frau war Japanerin? Hören Sie mal, junge Frau, im Interesse meiner Geisel sollten Sie davon absehen, mich pausenlos zu korrigieren. Das macht mich nämlich rasend. Also halten Sie den Mund, wenn ich bitten dürfte.

Zurück zu meiner Forderung. Dieser *Beatle* und seine Frau haben sich tagelang in ein Bett gelegt und dabei filmen lassen. Für den Weltfrieden. Ich habe beschlossen, mich mit zwei jungen Thailänderinnen in ein Bett zu legen, und zwar im einzigen Möbelhaus von Moormerland. Mir geht es dabei nicht um den Weltfrieden, sondern um die Freiheit der Kunst. Meiner Kunst.

Was soll jetzt die Frage, ob ich verheiratet bin? Ja, ich habe eine Frau. Wie ich Sie einschätze, wissen Sie das bereits. Aber Luise kommt für diese Aktion nicht infrage. Sie hat nun mal kein Hutgesicht. Außerdem habe ich gesagt, dass ich Fragen zu meinem Privatleben nicht mehr beantworten möchte. Ich bin also in dieses Geschäft in der Doktor-Warsing-Straße gegangen, Sie wissen schon. Da steht genau das passende Bett für meinen Plan. Was soll ich sagen, der Eigentümer hat mich rausgeworfen. Wissen Sie, was er zu mir gesagt hat? Nein, das werde ich nicht wiederholen, damit Sie es aufnehmen. Es war eine Beleidigung, mehr müssen Sie nicht wissen. Ich habe mich geweigert zu gehen, und dann – und das ist der traurige Höhepunkt aller Demütigungen, die ich bislang als Künstler aushalten musste – hat er mich von der Polizei abführen lassen.

Das war es, hab ich mir gedacht. Friedo, das war es. Die Grenze des Zumutbaren ist erreicht. Sagte ich gerade erreicht? Schneiden Sie das bitte heraus. Die Grenze des Zumutbaren ist überschritten. Das lasse ich mir nicht länger bieten. Haben Sie das im Kasten? Gut, das ist nämlich wichtig. Friedo hat beschlossen, aufzustehen und sich zu wehren.

Wie Sie sehen, habe ich mir eine Waffe besorgt. Nein, junge Dame, es handelt sich um keine Spielzeugpistole. Das hier ist eine echte *Heckler & Koch*. Und die ist geladen, das dürfen Sie mir ruhig glauben. Als Beweis könnte ich Ihnen jetzt ein Auge ausschießen. Das hätte etwas sehr Verstörendes, das an Kriegskunst erinnert, nicht wahr? Bilder des menschlichen Verfalls. Augenblick, das muss ich mir kurz notieren.

Weiter. Moment mal, hatte ich nicht gebeten, ausschließlich von rechts zu filmen? Gehen Sie bitte da rüber, sonst sage ich kein Wort mehr. Ich habe das Rathaus betreten und diese Xanthippe im Vorzimmer des Bürgermeisters als Geisel genommen. Xanthippe, ich bestehe darauf, dass Sie mich wortwörtlich zitieren.

Sie schon wieder, junge Frau? Jetzt bin ich auch noch frauenfeindlich? Das verbitte ich mir. Wenn Sie noch einmal meine Pressekonferenz stören, dann … dann … dann werde ich … oh, das wollte ich nicht. Pardon, ich wusste nicht, dass diese Dinger so schnell losgehen. Ja, schon gut, ich lege die Waffe auf den Boden und nehme die Hände hoch. Und Sie, junge Frau, sollten stolz sein. Sie sind jetzt Teil eines Kunstwerks. Mein Gott, nun hören Sie schon auf zu heulen, das kann man doch sicher operieren …

TOURISTENSCHRECK

PETER GERDES

»Hast du gesehen? Die haben es schon wieder getan!«

An der Mühlenstraße stehen zwei Leute blinzelnd in der Morgensonne, dicht am Alten Greetsieler Sieltief, dessen sanft gerippter Wasserspiegel in der Morgensonne glitzert. Nicht weit von den Zwillingsmühlen, genau dort, wo die Rundfahrtboote liegen. Auf den Booten und in den umliegenden Ferienwohnungen rührt sich noch nichts.

»Das darf doch nicht wahr sein!« Albert Janssen, ein stämmiger Endfünfziger mit weißer Schifferkrause und Prinz-Heinrich-Mütze, rupft ein Blatt Papier unter dem Scheibenwischer eines geparkten Pkw hervor. Der kurze Text auf dem kopierten Flugblatt ist von Hand in Großbuchstaben geschrieben: »IHR BRINKT UNS CORRONA! FERPIST EUCH TURISTEN!«

Janssen guckt aufs Nummernschild des Wagens. Zugelassen in Hamburg. »War ja klar«, stöhnt er. »Geht das schon wieder los! Wollen die uns endgültig arm machen?«

Theda Mammen mustert die Reihe der parkenden Autos. »Verdammt, die Zettel hängen überall dran«, stöhnt sie. »Außer bei denen mit AUR oder NOR auf dem Nummernschild. War ja klar.« Die hochgewachsene Seniorin schüttelt den schmalen Kopf mit dem festgezurrten Dutt: »Die haben doch echt den Schuss nicht gehört.«

»Tja, so ist das, wenn man sich einmal etwas angewöhnt hat«, knurrt Janssen. »Das legt man nur schwer wieder ab.«

»Das kann man doch gar nicht vergleichen«, wehrt Theda Mammen ab. Die pensionierte Greetsieler Grundschullehrerin, die sich stets kerzengerade hält, hebt mahnend den Zeigefinger. »Vor einem Jahr, in der Snutenpullizeit, da war das doch quasi Gesetz! Denk nur an Schleswig-Holstein. Da stand damals die Polizei an der Landesgrenze und hat alles zurückgeschickt, was aus Hamburg kam. Und sonst woher. Ganz vorschriftsmäßig. Die waren Sperrzone! Und was war bei uns? Da haben sie die Nordrhein-Vandalen aus ihren Zweitwohnungen gezerrt, ganz offiziell, von Amts wegen. Zum Schutz der Bevölkerung. Fanden wir alle richtig so. Wolltest du etwa die Seuche haben? Wo wir doch beide zur Risikogruppe gehören?«

Das hört Janssen nicht gerne. Theda Mammen ist alt, okay, aber Janssen ist dick. Und Raucher. An beidem könnte er etwas ändern, aber dazu hat ihn nicht einmal das Virus gebracht.

»Niemand will die Seuche hier haben.« Er nimmt kurz seine Mütze ab und wischt sich die Stirn. »Aber deswegen Leute verpetzen? Auswärtige Kennzeichen melden? Lack zerkratzen? Reifen aufschlitzen? Ich glaube nicht, dass das Gesetz war.«

Theda Mammen schnalzt missbilligend mit der Zunge. »Kriege und Seuchen bringen nun einmal das Beste und das Schlimmste im Menschen zum Vorschein. Man kann es den Leuten nicht vorwerfen, dass sie ihre Heimat schützen wollten! Und sich selbst, das ist ganz natürlich. Man muss nur wissen, wann damit Schluss ist.«

»Schluss ist ja wohl schon längst!« Janssen knüllt das Flugblatt zusammen und stiefelt los, um noch mehr einzusammeln. Beide gehen in Richtung Parkplatz Schulweg, gleich an der Binnenmuhde. »Wieso überhaupt ›Corrona‹? Das schreibt man doch nicht mit Doppel-R!«, murrt Janssen.

»Man schreibt ›brinkt‹ auch nicht mit K«, ergänzt Theda Mammen. »Von diesem anderen Wort da ganz zu schweigen.« Dann schnappt sie entsetzt nach Luft. »Oh Gott, guck mal da!«

Vorne auf dem großen Parkplatz steht ein Kastenwagen, dessen fensterlose Flanke über Nacht besprayt worden ist. »FIKT EUCH ELÄNDE TURISTEN!!«, prangt dort in giftgrünen, teilweise verlaufenen Buchstaben.

»Die haben doch wohl …« Janssens ohnehin gerötetes Gesicht läuft puterrot an. »Berliner Kennzeichen! Wenn sich das rumspricht!«

»Wenn sich das rumspricht«, sagt Theda Mammen trocken, »dann können wir endgültig einpacken.« Die

Ruheständlerin vermietet Gästezimmer. Zumindest versucht sie das. Albert Janssen hat mit seinen Ferienwohnungen aktuell auch nicht mehr Glück.

Die beiden durchqueren eilig den Ortskern in Richtung Hafen, äugen dabei besorgt nach allen Seiten, ob auch hier über Nacht Schmähschriften aufgetaucht sind. Sieht nicht so aus. Hier parken ja auch keine Autos.

»Das alles erinnert mich an diese Krankenschwester aus dem Ruhrpott, die hier gewohnt hat«, murmelt Janssen. »Der haben sie andauernd das Auto beschmiert und die Luft aus den Reifen gelassen, weil ihr Twingo noch in Gelsenkirchen angemeldet war. Zwölf Stunden am Tag hat die in Norden auf Intensiv geschuftet, eingepackt wie ein Astronaut, anschließend beim Einkaufen kriegte sie nirgends mehr Nudeln oder Klopapier, und dann auch noch das! Nach vier Wochen war die wieder weg.« Er kratzt sich unter seinem Mützendeckel: »Kam auch nicht wieder. Hast du seitdem noch irgendwelche Gelsenkirchener hier gesehen?«

Theda Mammen schüttelt den Kopf. »Nicht, dass ich wüsste. Überhaupt kaum noch Gäste aus Nordrhein-Westfalen. Oder aus Baden-Württemberg. Oder Hamburg.«

»Oder aus Bayern.« Albert Janssen lässt die Arme hängen. »Ich schätze, wir haben es etwas übertrieben seinerzeit.«

»*Wir*?« Die pensionierte Lehrerin fixiert ihn scharf. »Hast du damals etwa auch mitgemacht?«

»Ja, nee, och Gott.« Janssen windet sich. »Als die Bengel damals dieses Wohnmobil mit Steinen beworfen haben und die Touris fluchtartig abgedüst sind, da habe ich auch einen Kiesel hinterhergeschmissen. Hab' aber gar nicht getroffen.«

Theda Mammen schüttelt missbilligend den Kopf. »Reife Leistung. Und nun stehen wir da mit dickem Kopf und kleinem Hut. Wie sollen wir denn endlich wieder Geld in die Kasse kriegen?«

»Ich dachte, das hört schon wieder auf«, erwidert Janssen kleinlaut. »Irgendwie tat das auch gut, diesen Stein zu werfen. Wirklich leiden konnte ich die Touristen nämlich nie.«

»Sag bloß!« Theda Mammen lacht höhnisch. »Glaubst du, ich? Und auch sonst niemand hier! Aber wir sind nun mal abhängig von denen. So sieht das aus.«

»Ich weiß.« Janssen ballt die Fäuste. »Das ist es ja gerade! Das macht die Sache noch viel schlimmer. Man hasst jemanden, aber man darf es nicht laut sagen, weil es einen sonst Geld kostet. Das hat mich immer geärgert, tief innen drin! Und dann, ganz plötzlich, durfte man das endlich rauslassen. Nee, man durfte es nicht nur, man wurde direkt dazu aufgefordert! Quasi von Amts wegen. Corona war der Anlass, klar, aber der eigentliche Grund, der lag viel tiefer. Viele haben sich abreagiert damals. Und das hat richtig gutgetan.«

»Soso, jaja.« Die alte Lehrerin wippt ungeduldig mit dem Fuß. »Dampf ablassen wider besseres Wissen, verstehe. Manche Leute können alt werden wie die

Steine und werden trotzdem nie erwachsen. Mensch, Albert, wir sind keine verantwortungslosen Pubertiere mehr, wir haben Verpflichtungen! Glaubst du, meine schmale Pension reicht, um das große Haus zu halten? Immer nur Teilzeit gearbeitet, weil ich erst die Kinder großziehen musste, dann meine Eltern zu Tode pflegen und schließlich noch meinen Mann! Das merke ich jetzt bei meinen Bezügen. Nein, Mensch, ich brauche die Einnahmen aus dem Fremdenverkehr!«

»Ich doch auch!«, ruft Janssen, die Arme ausgebreitet. »Ich habe ja nie etwas auf die Kante gelegt, das Ersparte gleich in neuen Wohnungen angelegt, immer mit Krediten, die auf hohe Auslastung kalkuliert waren! Als Corona kam, ist mir das alles auf die Füße gefallen. Klar, die Bank hat gestundet und zwischenfinanziert, aber die Schulden sind trotzdem gewachsen, und jetzt wollen die etwas sehen. Aber wie denn, wenn diese Schmierfinken uns weiterhin die Gäste vergraulen? Wie denn?«

Inzwischen haben sie das Alte Siel erreicht. Eine schwere Tür fällt krachend zu; das Geräusch kommt vom Hafen her und hallt zwischen den Sielmauern wider. Albert Janssen und Theda Mammen traben neugierig am Hafenbecken entlang, vorbei an Krabbenkuttern, die wohl bereits ihre Fangquoten ausgeschöpft haben, so bewegungslos liegen sie da. Weiter hinten liegt ein historisches Dampfschiff, seit ein paar Tagen schon. Dort bewegen sich zwei Gestalten. Hat Janssen die mit seinem Gezeter geweckt? Er schaut genauer hin. »Ach du Schande«, flüstert er, während seine Augen ihm aus dem Kopf zu quellen scheinen.

Der Dampfer, der dort liegt, hat zwei Masten und einen schlanken gelben Schornstein, ein Steuerhaus aus Naturholz, ein langes, elegantes Vorschiff und ein überhängendes Heck. Seine Bordwände sind weiß lackiert. Darum stechen die Worte, die jemand groß und mit giftgrüner Farbe draufgesprüht hat, besonders deutlich ab: »FERZIET EUCH WO IR WOONT!«

Laut Aufschrift am Heck kommt das Schiff aus dem ostfriesischen Städtchen Leer und führt den Namen *Prinz Heinrich*. Albert Janssen nimmt betroffen und ehrfürchtig seine gleichnamige Mütze ab.

Die beiden Besatzungsmitglieder kommen über die Gangway an Land, wenden sich ihrem Schiff zu, sehen das Ausmaß der Bescherung. Man kann sie entsetzt aufschreien hören und sieht sie aufgeregt gestikulieren.

»So kann das nicht mehr weitergehen!«, fleht Janssen in gedämpftem Ton. »Die werden das rumerzählen, und dann bleiben uns die restlichen Touristen auch noch weg. Wir müssen etwas unternehmen!« Hilfe suchend schaut er die kerzengerade Theda an.

»Ja, ganz klar, das müssen wir«, bestätigt die. »Aber was?«

»Das ist alles so furchtbar, das macht mich ganz irre«, jammert Janssen, einem Nervenzusammenbruch nahe. »Ich weiß schon nicht einmal mehr, ob man Touristen mit ou schreibt oder nur mit u. Und fickt euch ...« Erschrocken schlägt er sich die Hand vor den Mund.

Aber Theda Mammen ist weder pikiert noch peinlich berührt. Sie legt ihren langen knochigen Zeigefinger an ihre ebenso lange und knochige Nase, ganz so, als wäre sie ein kleiner Wikingerjunge, dem gerade die entscheidende Idee gekommen ist. »F und V«, murmelt sie. »Doppelkonsonanten. Klangschärfung. Gedehnte Vokale. Das alles hat der nie kapiert. Auf der Grundschule nicht und später auf der Hauptschule auch nicht. Im Leben nicht!«

Janssen versteht nur Bahnhof. Bahnhof mit Dehnungs-h? Oder doppeltem o? »Rechtschreibung war auch nie so meins«, gibt er zu. »Geht vielen Leuten so. Das beweist doch nichts.«

»So extrem schwer von Begriff sind nur wenige«, behauptet Theda Mammen. »Und es gibt hier nur einen, der so komplett stumpf ist im Kopf, dass er gar nichts kapiert. Den kenne ich, denn er war einer meiner ersten Schüler.«

»Das weißt du noch?«, entfährt es Janssen. Am liebsten hätte er sich auf die Zunge gebissen, aber gesagt ist gesagt. Der vernichtende Blick der alten Lehrerin lässt erahnen, dass ihre Schüler es früher nicht gerade leicht gehabt haben.

»Und ob ich das noch weiß!«, zischt sie den Weißbärtigen an. »Erst hatte ich ihn in der Grundschule, und dann musste ich auch noch an der Hauptschule Krummhörn aushelfen, stundenweise, wegen Lehrermangels. So durfte ich diese Leuchte volle elf Jahre lang genießen. Ja, elf, ehe du nachfragst. Inklusive Ehrenrunden. Die haben aber auch nichts genützt. Für den ist Deutsch immer eine Fremdsprache geblieben.«

»Und du glaubst jetzt, dass der …?« Janssen guckt verständnislos. »Hör mal, das ist doch ewig her! Menschen ändern sich, manchmal wenigstens. Bestimmt kann der Typ inzwischen schreiben, oder er hat wenigstens ein Korrekturprogramm auf seinem PC. Lass uns doch lieber versuchen, über die Farbe etwas rauszukriegen. Dieses Giftgrün, das ist doch eher selten, oder? Wenn wir mal in den Baumärkten und bei den Farbenhändlern rumfragen, wer Sprühlack in diesem Farbton gekauft hat, dann …«

»Blödsinn!«, fährt Theda Mammen ihm über den Mund. »Heute kann man doch alles online bestellen! Spar dir solchen Blödsinn und hör mir lieber zu. Es geht um das F. Und das T.«

»FT? Freie Turnerschaft?« Albert Janssen gibt es auf. »Okay, nun erzähl schon.«

»Sagt dir der Name Baumann etwas?«, fragt die Pensionärin. »Benny Baumann?«

»Baumann? Na, und ob!« Janssen muss grinsen. »Blut-und-Boden-Benny! Der mit seiner Anti-Migranten-Partei! Hat er nicht neulich vor der Islamisierung des Abendlandes durch die Ukrainer gewarnt? Mann, der Typ ist echt bescheuert!« Nach und nach verblasst das Grinsen auf seinem rotwangigen Gesicht. »Und Deutsch kann der nicht für zwei Cent, dieser Biodeutsche, das stimmt. Alles, was der postet, strotzt nur so von Fehlern; sein Korrekturprogramm hat sich bestimmt aus lauter Verzweiflung schon selbst gelöscht. Du meinst, der steckt hinter all diesen Aktionen? Würde ja zu ihm passen. Aber dass er solch ein Legastheniker ist, reicht doch nicht als Beweis!«

»Du hörst nicht richtig zu, Albert.« Theda Mammen nimmt ihm eines der zerknitterten Flugblätter aus der Hand und streicht es auf dem nächstbesten Mauervorsprung glatt. »Hier, siehst du das F? Und hier das T? Siehst du diesen geltungsbedürftigen Schisslaweng?«

»Diesen – was? Meinst du den Schnörkel hier?« Albert stupst seinen breiten Zeigefinger auf die eigenartigen Schleifen, mit denen die senkrechten und waagerechten Balken der Buchstaben verbunden sind. »Sieht schon merkwürdig aus, das stimmt.«

»Natürlich stimmt das!«, faucht Theda Mammen. »Tausendmal hab ich's ihm gezeigt, aber er war ja nicht klugzuschnacken! Immer von unten nach oben statt richtigherum, Hauptsache anders, Hauptsache besonders. ›So wie ich schreibt sonst keiner!‹, hat er immer gekräht, wenn ich ihn korrigiert habe. Damit hat er mich zur Weißglut gebracht! Aber soll ich dir etwas sagen? In diesem Punkt hatte er tatsächlich mal recht.«

»Benny Baumann.« Albert Janssen verschränkt die Finger und drückt sie durch, dass alle Gelenke krachten. »Der steckt also dahinter, der macht den ganzen Ärger und vergrault uns die Gäste!«

»Er verdirbt uns das Geschäft«, sagt Theda Mammen mit eisiger Stimme. »Das ist inakzeptabel. Das muss aufhören.« Es klingt wie ein Urteil.

»Ich weiß, wo er wohnt«, sagt Janssen. »Nicht weit von hier. Gut, dass ich mein Takelmesser dabei habe. Das ist so scharf, damit kannst du Haare in Scheiben schneiden. Längs!«

»Nicht nötig.« Theda Mammen schwenkt ihre Handtasche. »Mein Opa hat mir seine alte *Walther* vererbt. Ein Klotz von Pistole! Soll ich immer dabeihaben, hat er mir eingeschärft, als Dame. Hab's ihm auf dem Totenbett hoch und heilig geschworen. Und jetzt guck! Hat doch alles seinen Sinn.«

Albert Janssen nickt entschlossen. Dann muss er sich sputen, um mit Theda Mammens raumgreifenden Schritten mitzuhalten.

Die beiden Männer an der Gangway des Traditionsdampfers schauen ihnen nach. Als sie außer Sicht sind, nimmt einer der beiden eine Pütz und füllt sie mit Hafenwasser. Mit geübtem Schwung spült er die Bordwand ab. Die giftgrüne Lebensmittelfarbe beginnt, sich aufzulösen. Zwei weitere Pützen später ist keine Spur davon mehr zu sehen.

»Das hat ja mal gut hingehauen, Friso«, murmelt der eine.

»Sauber, Klaas«, bestätigt der andere. »Gute Idee, die Schrift von diesem Blödmann nachzumachen. Kannst du echt super.«

»Was schickt der uns auch einen Drohbrief.« Klaas

zuckt mit den Schultern. »Geschieht ihm recht, das, was jetzt auf ihn zukommt.«

»Auch wenn er überhaupt nicht weiß, wie ihm geschieht«, grinst Friso. »Hauptsache, die Leute glauben, dass alles auf seine Kappe geht.«

»Und nicht auf unsere«, ergänzt Klaas.

»Schätze, in Greetsiel und Umgebung werden sich in nächster Zeit weniger Touristen blicken lassen als erhofft«, sagt Friso.

»Müssen ja befürchten, dass ihnen hier schlimme Dinge angetan werden.« Klaas feixt. »Bestimmt kommen ein paar von denen dafür lieber zu euch nach Leer.«

»Oder zu euch nach Borkum«, sagt Friso.

»Sollen sie nur.« Klaas lächelt; es ist kein freundliches Lächeln. »Das bringt Geld in die Kassen.«

»Darauf kommt es an«, bekräftigt Friso. »Und wenn die Touris erst merken, dass die Eingeborenen in Leer und auf Borkum genauso schlimm sind wie die Greetsieler, ist es sowieso zu spät.«

DIE WAHRHEIT KENNT NUR DER WIND

TATJANA KRUSE

Ich hatte das Risiko, das ich einging, genauestens kalkuliert. Aber ich war einfach schlecht in Mathe. Schon damals in der Grundschule und bis heute im Ausrechnen der Chance, die ich hatte, wenn ich vor dem Kerl mit der Knarre davonrannte.

Ich musste es nur bis in den Bauch des Schiffes schaffen. Dort wären Menschen. Wäre Rettung.

Also rannte ich los. Wie eine Gazelle. Eine alte Gazelle. Mit Arthrose in den Knien. Die unter die Räder gekommen war.

Meine Chancen standen nicht nur schlecht, sie waren kleiner gleich Null.

Und da hörte ich auch schon den Schuss knallen …

*

Wir bitten, die Unannehmlichkeiten zu entschuldigen

Alles hatte ganz typisch angefangen. Mit einer Zugverspätung. Wenn man sich über etwas *nicht* mehr wundert, dann über die Unpünktlichkeit der *Deutschen Bahn*. Normalerweise fuhr ich, wenn ich einen Termin hatte, immer schon einen Zug früher. Was natürlich nicht half, wenn aufgrund einer Zugbrücke, die sich nicht mehr herunterfahren ließ, auch der frühere Zug nicht durchkam. Kurzum: Ich konnte der Fähre nach Juist gerade noch nachwinken. Die Flüge zur Insel waren schlagartig allesamt ausgebucht. Ich saß fest.

Den verlorenen Seelen, die der ICE an der Mole ausgespuckt hatte, wurde versichert, dass wir um Mitternacht mit einem Versorgungsschiff übersetzen konnten. Bis dahin sollten wir uns einfach in Norddeich einen schönen Tag machen.

Es war ein nieseliger, windiger Tag, die Wolken stoben nur so über den grauen Himmel. Ich pfriemelte die Kapuze aus meinem Windjackenkragen und entschied mich, irgendwo einzukehren und mich – meinen mageren Finanzen geschuldet – an einer, maximal zwei Tassen Kaffee so lange festzuhalten, bis es Zeit war, wieder zur Mole zurückzukehren. Also schloss ich meinen Rollkoffer in einem der Schließfächer ein, schulterte meinen marineblauen Rucksack und marschierte los. Ohne Ziel und Plan, einfach der Nase nach.

Wo man in Norddeich eben so hin spazierte, wenn man einen halben Tag totzuschlagen hatte und einen wind- und wasserdichten Ort zur Einkehr suchte. Erst mal die Norddeicher Straße hoch, die ja gefühlt nur aus Hotels, Pensionen, Restaurants, Cafés und Souvenirläden bestand, und dann wieder runter. Weil ich aber nicht die Einzige war, die einen Tag wie diesen überdacht und mit einem Getränk vor sich auf einem Tisch mit Plastiktischdecke verbringen wollte, war alles voll. Gerammelt voll. Das *Pfannkuchenhaus*, die *Teestube*, das *Fischhuus*, sogar *McDonald's*. Es gab nicht einmal mehr Stehplätze. Ein ganz normaler Tag in der Hochsaison, nur eben bei Schietwetter. Für die Touristen ein Albtraum. Wer jetzt noch fröhlich das Gesicht in die waagerecht von vorn kommende, feuchte Brise hielt, der stammte von hier.

Angesichts der Überfüllung, die allenthalben herrschte, dachte ich: Schlag dich mal seitlich in die Büsche. Was ich tat. Es wurde eine kleine Sightseeingtour: vorbei an der Seehundstation bis zum *Ocean Wave* Erlebnisbad. Wo ich vor dem Haupteingang auf mein erstes positives Highlight stieß.

»Darf ich Ihre Möpse fotografieren?«

Aus dem Kontext gerissen eine unangebrachte Anfrage, aber die Dame verstand mich sofort richtig.

Zwei wirklich süße Möpse hüpften vor dem berühmten tanzenden Wasserbrunnen auf den Hinterbeinen, offenbar in dem Versuch, mit ihren Zungen die Fontänen aufzuschlecken. Angesichts des Regens hätten sie auch einfach nur hechelnd dastehen können, das hätte ihre Zungen ausreichend eingenässt, aber die Möpse suchten ganz offensichtlich die Herausforderung. Die beiden waren wirklich enorm niedlich. Einer schwarz, einer beige.

Das Hundefrauchen lächelte mir freundlich zu und meinte: »Das sind Konrad und Otto. Unwiderstehlich, nicht wahr?«

Mein Handy schon klick-bereit gezückt, nickte ich nur und knipste smalltalklos drauf los. Mit Menschen kann ich nicht. Das war schon immer so. In der Schule galt ich als Freak. Und seit einer unbedachten Ehe in jungen Jahren, natürlich längst geschieden, führte ich ein absolutes Einsiedlerinnenleben. Als Freiberuflerin arbeitete ich im Homeoffice, und meinen intensivsten zwischenmenschlichen Kontakt hatte ich mit der Verkäuferin im Supermarkt um die Ecke, die mir nach dem großen Samstagseinkauf immer »Schönes Wochenende!« wünschte. Was ich auch nur mit einem Nicken zu quittieren pflegte. Mir ging da nix ab. Menschen werden meiner Meinung nach überbewertet.

Ich tätschelte den Hunden zum Abschied die Wackelhintern und ging weiter. Als ich auf die Uhr sah, musste ich konsterniert feststellen, dass nicht einmal eine Stunde vergangen war. Das war meinem zügigen Stechschritt geschuldet. Wie sollte ich nur die noch vor mir liegenden Stunden überstehen?

Ich marschierte weiter in Richtung Deich. Der Restaurantbereich im *Haus des Gastes* war ebenfalls knackevoll, nur vor der Softeisbude stand niemand. Folglich kaufte ich ein Eis und setzte mich auf eine leere Bank am Deichweg. An einem verhangenen, nieselverregneten Tag im Freien – und folglich mit feuchtem Podex – auf einer Bank zu sitzen und ein Eis zu essen, grenzte an Wahnsinn. Aber ich fand's großartig, denn ich war ganz wunderbar für mich allein – und ich schrumpelte ja nicht ein, wenn ich nass wurde. Nur das Eis verlor in seiner Dünnflüssigkeit ein wenig an Geschmack. Lösung: Ich schleckte schneller.

Ich war einen Moment lang so richtig glücklich. Und natürlich weckte das den Neid der Schicksalsgötter …

*

Gott schuf das Meer, der Friese die Deiche

Der Wind pfiff, Möwen kreischten, in der Ferne hörte man eine Polizeisirene.

Ich schob mir gerade den Rest der Eiswaffel in den Mund, da kam ein Mann mit schweren Schritten angeschlappt, ließ sich ruckartig neben mich auf die Bank fallen und warf seinen Rucksack zu Boden. Ohne zu fragen, ob neben mir noch frei war. Impertinent! Ich strafte ihn mit einem strengen Blick und wandte ihm demonstrativ den Rücken zu.

Der Typ war genauso gekleidet wie ich: Windjacke mit Kapuze und Jeans. Interessanterweise trifft man in Norddeich auf unzählige Zwillinge, wenn man gern Bequemschuhe, Jeans und eine Windjacke trägt. Auch ein sichtlich jüngerer Mann, der von der anderen Seite des Deichwegs angelaufen kam, trug Windjacke und Jeans. Wir sahen alle aus wie vom Einkleidefließband für Touristen gefallen. Was nun zufälligerweise aber mein Lieblingsoutfit war, weil bequem und urlaubstauglich.

Mein ungebetener Banknebensitzer atmete schwer. Das war nicht das laute Atmen eines Sportmuffels, der zu schnell den Deich erklommen hat. Das war eine unanständige Hechelatmung.

»Lassen Sie das!«, fauchte ich. Man könnte meinen, dass ich in meinem Alter für jede Anmache dankbar sein sollte, aber das sah ich anders.

Er röchelte weiter.

Als ich mich umdrehte, um ihm gehörig die Meinung zu sagen, fiel mir auf, dass er mit rundem Rücken auf der Bank saß und die Hand auf seinen Schritt gepresst hielt.

»Sie Perverser!«, bellte ich, schnappte mir meinen Rucksack vom Boden und stapfte davon.

Nicht einmal als Frau in fortgeschrittenem Alter und unsexy gekleidet war man vor sowas sicher. Ekelhaft!

Ich stampfte in Richtung Mole, ungehalten in mich hineinbrummelnd.

Je mehr ich mich dem Fährhafen näherte, desto deutlicher bekam ich mit, dass irgendwas passiert sein musste. Tuschelnde Menschengruppen, erstaunlich viele Streifenwagen – Szenen wie aus einem Actionfilm. Neugierig verließ ich den Deich und näherte mich einem Spalier von Leuten am Straßenrand, die tuschelnd und fingerzeigend beisammenstand.

Dass ich verfolgt wurde, entging mir dabei …

*

Ba-ba-banküberfall

»Was ist denn in einer Vorort-Sparkasse schon groß zu holen?« Ein weiterer Windjackenträger aus der Touristengruppe, der ich mich verstohlen genähert hatte, schüttelte fassungslos den Kopf. »Das lohnt doch nicht!«

»Wenn man gar nichts hat, ist auch wenig viel«, widersprach eine Matrone mit süddeutschem Zungenschlag. Ich hielt sie für seine Frau, weil ihre Widerrede so routiniert-automatisch erfolgte.

»Ich glaube, da könnte durchaus einiges an Geld zu holen sein«, warf ein anderer ein. Völlig anderer Dialekt.

Es war keine geschlossene Busreisetruppe, wie ich auf den ersten Blick gedacht hatte, sondern eine heterogen zusammengewürfelte Ansammlung von Touristen, die allein die Sensationslust einte.

Ein Rettungswagen fuhr an uns vorbei.

»Bedenken Sie, wie viele Leute hier Urlaub machen, die alle Geld abheben wollen«, fügte der mit dem anderen Dialekt jetzt hinzu. »Da muss schon einiges an Geld vorrätig gehalten werden.«

Also ein Banküberfall, schlussfolgerte ich messerscharf. Daran hatte ich zwar nicht gedacht, als ich mir mehr Entertainment für meine Wartezeit wünschte, aber ich beschwerte mich nicht.

Eine hagere Frau in einem schicken Trenchcoat kam aus Richtung der Bank auf uns zu. »Es hat einen Schusswechsel gegeben – zwei Männer haben die Bank ausgeraubt und dabei einen Wärter angeschossen«, teilte sie uns unaufgefordert mit. Anscheinend gehörte sie zu niemandem in der kleinen Menschenmenge – sie ließ uns einfach aus der Güte ihres Herzens an ihrem Erkenntnisstand teilhaben. Und weil es einem das Gefühl von Macht gab, wenn man Wissen teilen konnte. »Einer der Täter soll auch verletzt sein. Ein nicht mehr ganz junger Mann in einer Windjacke mit einem Rucksack.«

Wir sahen alle zu dem Windjackenträger mit der Matronengattin. Der lachte fröhlich. »Ich habe keinen Rucksack, aber dafür ein Alibi. Meine Hannelore.«

Hannelore guckte finster, widersprach aber nicht.

»Sie sind ja auch nicht angeschossen.« Die Hagere nickte. Und sah zu mir.

Dachte ich im ersten Moment, aber sie sah gar nicht mich an – ich war ja auch eine Frau –, sondern einen jungen Mann hinter mir. Ebenfalls Windjackenträger. Und mit marineblauem Rucksack. Wie meiner.

»He, ich habe auch keine Kugel abbekommen.« Wie zum Beweis hob er beide Arme und ließ seine Hüften zu einem unhörbaren *Macarena*-Rhythmus rotieren.

Ein paar aus der Gruppe lachten. Dann zerstreute man sich. Alle, bis auf mich und den *Macarena*-Tänzer hinter mir.

Ich wäre ja gern meines Weges gezogen, aber der Lauf der Waffe, den er mir in die Seite bohrte, sowie das heiser geflüsterte »Keine Bewegung!« hemmten mich in meinem Fortbewegungsdrang …

*

Klarer Kopf bei kräftigem West-Nordwest

Es trübte zusehends ein. Das Wetter ebenso wie meine Stimmung. Nicht nur der Abend graute, auch ein Sturm. Vermutlich würde mir auf der Fähre schlecht werden. Wenn ich sie denn lebend erreichen sollte. Danach sah es im Moment nicht aus.

Als um uns herum niemand mehr zu sehen war, stieß er mir die Waffe in die Seite und drohte: »Wenn Sie auch nur einen Ton von sich geben, erschieße ich Sie.«

»Sie halten mich bestimmt für jemand anderen«, sagte ich. Und glaubte es wirklich.

Statt einer Antwort schubste er kräftiger. Ein Streifenwagen fuhr an uns vorbei. Der Polizist auf dem Beifahrersitz schaute zu uns herüber, aber er hielt uns offenbar für ein Urlauberpärchen. Mutter und Sohn im Partnerlook.

Ich sah aus den Augenwinkeln zu meinem Entführer. Was wollte er bloß von mir? Ich sah nun wirklich nicht nach Geld aus. Plante er ein Sexualdelikt?

Oder war ich – immer noch meine vorherrschende Vermutung – Opfer einer Windjacken-Verwechslung geworden?

Plötzlich hörte ich ein Kläffen und ein fröhliches »Oh, hallo noch mal! Das ist das Schöne an Norddeich – man sieht sich immer wieder!« Es war die nette Dame mit den beiden Möpsen, jetzt in Begleitung eines hochgewachsenen Mannes. Sie winkte mir im Vorübergehen zu.

Im Bruchteil einer Sekunde reifte in mir ein Plan, den ich auch sofort umsetzte.

»Wie schön, dass wir uns wiedersehen! Gehen Sie gerade essen? Da komme ich doch gern mit!«

Ich schüttelte die Hand des Mannes ab, trat auf die – doch leicht verdutzte – Frau zu und hakte mich bei ihr unter, als wären wir alte Freundinnen. Auch ihr Begleiter wirkte perplex, nur die Möpse zogen unvermindert heftig an ihren Leinen: Sie wussten, dass sie auf dem Weg zu einer Futterstätte waren.

Wer weiß, ob der Fiesling mit der Waffe uns nicht alle drei erschossen hätte – oder womöglich alle fünf, wenn es sich bei ihm um einen Hundehasser handelte –, aber in diesem Moment kam ein weiterer Streifenwagen angefahren. Die Beamten darin musterten uns aufmerksam. Der Unhold, der zur reglosen Statue von Napoleon mutiert war – die Hand mit der Waffe im Inneren der Windjacke versteckt –, guckte grimmig.

»Pizza? Pfannkuchen? Pekingente?«, rief ich übertrieben fröhlich. »Egal, mir schmeckt alles!«

Menschen, die entweder sehr gut erzogen oder sehr nett oder beides sind, haben klar einen Nachteil, wenn jemand wie ich verhaltenstechnisch völlig aus dem Rahmen fällt.

»Wir … äh … haben im *Knurrhahn* reserviert«, stotterte die Mopsmama. »Wir mögen die Fischerplatte.«

»Perfekt«, jodelte ich und zerrte an ihr. Wir gingen los. Hinter uns kam eine weitere Touristengruppe. Als geballtes Menschenknäuel schoben wir uns über den Zebrastreifen. Natürlich überlegte ich mir, ob ich auf den Verbrecher zeigefingern und »Mörder!« rufen sollte. Zusammen mit den Touristen waren wir in der Überzahl. Aber ich hatte Angst, dass er dann einfach die Waffe ziehen und losschießen könnte. Ich wollte keine Unschuldigen auf dem Gewissen haben. Und ich wollte auch selbst nicht erschossen werden.

Also ließ ich mich von der Mopsfamilie zum Restaurant führen.

Unterwegs warf ich des Öfteren einen Blick über meine Schulter, aber der Unhold war nicht zu sehen. Ich wollte nichts weiter, als mich mit diesen braven Menschen in Sicherheit zu begeben und dann sofort die Polizei zu verständigen.

Doch es kommt ja immer anders, als man denkt …

*

Regen ist erst, wenn die Heringe auf Augenhöhe vorbeischwimmen

Im Restaurant angekommen, musste ich mich erst mal setzen. Das war der Schock. Man hatte einen Tisch für zwei eingedeckt und zwei Wassernäpfe für die Möpse bereitgestellt. Offenbar waren meine Retter hier Stammgäste.

»Soll ich noch ein Gedeck holen?«, fragte die nette Kellnerin.

»Nein, ich gehe gleich wieder.« Mein Gesicht war klatschnass – Regentropfen oder Angstschweiß, das vermochte ich nicht zu sagen. Ich wollte eine Packung Taschentücher aus der Seitentasche meines Rucksacks ziehen und mich trocken tupfen, da fiel es mir auf: Das war nicht mein Rucksack.

Ja, er war marineblau und prall gefüllt.

Aber als ich ihn aufratschte, sah ich darin nicht meine Urlaubsbequemklamotten, sondern Geldscheine. Viele Geldscheine. Ein Vermögen!

Ich ratschte den Rucksack wieder zu.

Die Mopseltern hatten sich ihrer Mäntel entledigt und nichts mitbekommen. Die Kellnerin war an der Theke beschäftigt. Die anderen Gäste saßen zu weit weg.

Doch als ich zum Fenster sah, entdeckte ich dort den Umriss eines Menschen. Ganz zweifellos der Kerl mit der Waffe. Und ebenso zweifellos einer der Bankräuber.

Ich sprang auf. »Wo ist Ihr Klo?«, fragte ich die Kellnerin.

Im Toilettenkubus setzte ich mich auf die Schüssel

und sah noch mal in den Rucksack. Ja, ich hatte mich nicht vertan, Hunderte von Scheinen. Und keine kleinen Scheine. Das musste ein hoher sechsstelliger Betrag sein.

Jede andere hätte sofort die Polizei verständigt, da bin ich sicher. Aber ich – ich blieb auf der Schüssel sitzen und dachte über mein Leben nach. Kurz vor der Rente, nach einem Leben als mäßig erfolgreiche Freiberuflerin – meine Pension würde nur wenig über der Armutsgrenze liegen. Im Grunde fragte ich mich nicht, *ob* ich das Geld zurückgeben sollte – ich fragte mich, wie ich dem bewaffneten Bankräuber entkommen konnte.

Der Röchelatmer auf der Bank war natürlich sein Kollege gewesen, klar. Sie hatten sich nach dem Überfall getrennt – und vermutlich hatte der Jüngere die Aufmerksamkeit auf sich gelenkt, damit der Ältere mit dem Geldrucksack entkommen konnte. Mein Banknachbar hatte sich den Schritt nicht aus Erregung gehalten, sondern weil er vermutlich einen Bauchschuss abbekommen hatte. Bestimmt war er auf der Bank schon längst ausgeblutet. Und als ich vor ihm geflohen war, hatte ich versehentlich den falschen Rucksack gepackt. Weil hier einfach alle und alles gleich aussahen. Der Jüngere musste das beobachtet haben. Dumpf meinte ich mich zu erinnern, dass jemand angelaufen kam, als ich gegangen war. Und seitdem hatte er mich im Visier. Ich war null durchtrainiert – davonlaufen würde ich nicht können. Ich musste ihn irgendwie überwältigen. Die Möpse fielen mir ein. Wie schnell konnte man aus verspielten Hausgenossen blutrünstige Wadenbeißer machen? Es musste doch irgendeinen Weg geben, wie ich Norddeich als Beinahe-Millionärin verlassen konnte?

Da klopfte es an die Kubustür.

Ich wäre beinahe infarktet.

»Alles in Ordnung?« Es war die Mopsmama. Was für eine herzensgute Person. Ich hatte mich ihr aufgedrängt, und trotzdem machte sie sich Sorgen.

Ich warf einen Blick auf meine Armbanduhr. Wenn man denkt, geht das ja oft schnell. Aber ich saß offenbar schon über eine halbe Stunde auf dem Topf.

»Sie müssen mich für verrückt halten«, sagte ich und verließ den Kubus. »Aber ich kann es erklären!« Wenn mein Denken vorhin Schneckentempo gehabt hatte, so funktionierte es jetzt in Lichtgeschwindigkeit. »Ich habe meinen ... Ex-Mann gesehen. Er ... hat mich geschlagen, und ich habe erst im Frauenhaus Zuflucht vor ihm gefunden. Wenn Sie vorhin nicht vorbeigekommen wäre, dann ...« Ich ließ das mal offen. »Ich muss es irgendwie schaffen, dass ich auf die Fähre komme, ohne dass er mir folgen kann. Bitte helfen Sie mir – ich bin verzweifelt!«

»Meine Güte, das ist ja furchtbar. Selbstverständlich helfen wir Ihnen, ist doch klar!«

Sie glaubte mir. Jetzt hatte ich ein kleines bisschen ein schlechtes Gewissen. Aber hier ging es um den Rest meines Lebens!

*

Sturm ist erst, wenn die Schafe keine Locken mehr haben – und Mördern die Knarre aus der Hand gepustet wird

Der Mopspapa hatte ungefähr meine Größe und Statur. Seine schwarzen Hosen saßen an den Hüften etwas eng, aber das Shirt, die schwarze Lederjacke und die schwarze *Beanie* waren wie für mich gemacht.

Nachdem wir auf der Damentoilette die Klamotten getauscht hatten – die Mopsmama stand so lang Schmiere –, fühlte ich mich sicher. Zumal draußen die Dunkelheit hereingebrochen war. Egal, in welcher finsteren Hausecke der blutrünstige Bankräuber auf mich lauerte, er würde mich nicht erkennen.

»Viel Glück!«, wünschte mir die Mopsfamilie. Die Möpse sagten das natürlich mehr so mit Blicken aus ihren samtbraunen Augen.

Ich holte tief Luft, dann öffnete ich die Restauranttür und trat hinaus. Selbstverständlich hatte ich noch daran gedacht, auch meinen Rucksack zu kostümieren. Ich hatte die Kellnerin gefragt, ob sie eine Tüte hatte, die groß genug für meinen Rucksack war – weil der nämlich »lecken« würde. Sie hatte. Aus einem großen Einrichtungshaus. Hätte für zwei Rucksäcke gereicht.

So hielt ich die Tüte unter den Arm geklemmt, während ich mit festen und, wie ich fand, sehr männlichen Schritten in Richtung Hafen marschierte. Erst am Eingang zur Abfahrtshalle drehte ich mich um. Von allen Seiten strömten Menschen herbei: Nicht nur ich wollte zu nächtlicher Stunde mit der Versorgungsfähre nach Juist übersetzen. Aber der Bankräuber war nicht darunter.

Ich holte meinen Koffer aus dem weitläufigen Schließfachbereich im Hafengebäude und reihte mich in die Schlange derer ein, die an Bord wollten. Erst als ich im Bauch des Schiffes saß, konnte ich wieder frei durchatmen. Geschafft!

Unter den Passagieren wurden Wetten abgeschlossen, ob die Fähre bei diesem Sturm wirklich ablegen würde. »Sturm?«, meinte die Kellnerin. »Was für'n Sturm denn?«

Wir legten dann auch pünktlich ab. Ich presste meine Tüte wie ein Baby an meine Brust.

»Was kann ich Ihnen Gutes tun?«, fragte die Kellnerin, als sie an meinen Tisch kam. Sie war Profi. Dass ich aussah wie eine Crossdresserin, die auf Ledermacho machte, störte sie nicht.

»Ein Bier, bitte.«

»Machen Sie zwei draus.«

Während die Kellnerin zur Theke ging, schob er sich neben mich auf die Bank. Und da war auch wieder dieses vertraute Stupsen des Pistolenlaufs an meinen Rippen. »Keinen Mucks!«

Ich hatte ihn unterschätzt. Auch er hatte sich verkleidet. Aus dem unscheinbaren Windjackenträger war ein schmucker Kapitän geworden: weiße Uniform, Jackett mit Schulterklappen, Goldbordüre an den Ärmeln und auf der Mütze. Dass er nicht echt war, merkte man nur daran, dass die Uniform zu 100 Prozent aus Polyester bestand. Und dass er nachts im Bauch des Schiffes eine Sonnenbrille trug.

»Wir gehen jetzt ganz unauffällig an Deck. Und wenn Sie glauben, ich würde Sie nicht vor den Augen aller erschießen, dann haben Sie sich getäuscht!«

Ich nickte. Die Tüte immer noch an die Brust gepresst, stand ich auf. Wir begaben uns nach draußen.

Dort stand nur ein einsamer Raucher und paffte vor sich hin.

Mein Mörder, so musste ich ihn wohl nennen, schob mich zum Geländer auf der anderen Schiffsseite. Bug? Heck? In diesem Leben würde ich das nicht mehr lernen.

Die Fähre schwankte deutlich. Ein Mitarbeiter der Fährlinie kam heraus und rief uns zu, wir sollten jetzt reinkommen, es wäre zu gefährlich.

»Nur kurz zu Ende rauchen«, rief mein Mörder.

Der echte Raucher verschwand im Inneren des Schiffes.

Der Schiffsbauch. Dort wartete meine Rettung. Ich musste nur weit genug vom Killer wegkommen, nur so weit, dass der Lauf nicht mehr direkt in meine Körpermitte zeigte. Selbst wenn dieser Verrückte drinnen im Schankraum schoss, hätte er nur einen Versuch, dann würden sich die anderen Mitreisenden auf ihn werfen, da war ich sicher.

Die Schicksalsgötter schienen mir hold. Als das Schiff abrupt zur Seite ruckelte, ergriff ich die Gelegenheit. Ich riss mich los und sprintete zur Tür.

Meine Chancen standen nicht nur schlecht, sie waren kleiner gleich Null.

Und da hörte ich auch schon den Schuss knallen …

*

Die Stimme aus dem Jenseits?

Ich konnte die Kugel spüren, so nah flog sie an meinem Ohrläppchen vorbei, das ganz heiß wurde.

Der Kerl war ein verdammt guter Schütze. »Halt!«, dröhnte er über den Wind hinweg. Ich blieb stehen und drehte mich zu ihm um.

Er sagte nichts weiter, winkte mich nur zu sich.

Gemessenen Schrittes ging ich meinem Schicksal entgegen. Ich hatte alles in allem ein gutes Leben gehabt.

Er grinste feist. »Und jetzt her mit dem Geld!«

Ich reckte das Kinn in die Höhe, streckte ihm die Tüte entgegen … und dann warf ich sie – schwuppdiwupp – über Bord.

»NEIN!«, gellte er und versuchte, die Tüte im Flug zu fangen. Was ihm nicht gelang. Als er sich über die Reling beugte, verzweifelt bemüht, sie doch noch zu fassen zu kriegen, beugte ich mich vor, packte ihn an den Uniformbeinen und hievte ihn über die Reling. Das Universum war auf meiner Seite, denn in diesem Moment ging das Schiff in Schräglage, und mit nur ganz wenig Körperkraft meinerseits purzelte er quasi von allein in die dunkle schäumende See.

Vielleicht war er ja ein guter Schwimmer, auch nachts und bei Sturm? Keine Ahnung. Ich warf ihm keinen Rettungsring hinterher. Und ich sah ihm auch nicht nach.

Stattdessen ging ich zurück zu meinem Tisch, auf dem schon zwei Bier auf mich warteten. Ich trank in großen Schlucken. Zack, war das erste Glas leer.

Ich bin ja nicht von gestern. Als ich meinen Koffer aus dem Schließfach holte, hatte ich selbstverständlich das Geld in den Koffer umgepackt und meine Klamotten in die Tüte.

So weit, so gut. Ich ließ mir das zweite Bier schmecken und reminiszierte die Ereignisse des Tages.

Mein erstes positives Highlight des Tages: Ich lebte noch. Mein zweites positives Highlight: die Güte von Fremden wie den Mopseltern. Und zu guter Letzt: eine Dreiviertelmillion. Steuerfrei.

Der Ruhestand kann kommen!

RHEIDERLÄNDER KOCHDUELL

HEIKE GERDES

»Jetzt rennst du hier wieder rum wie ein Hahn ohne Kopf!« Hillrich Janssens Kopf sitzt fest, leuchtet aber so rot, als würde er gleich platzen. An seinem massigen Hals läuft der Schweiß in Bächen herunter, der Kragen der fleckigen schwarzen Kochjacke hat einen weißen Salzrand. »Du musst gar nicht dauernd auf die Uhr glotzen«, blafft er. »Feierabend ist erst, wenn ich das sage.«

Ludger Meienbaum ballt die Fäuste im heißen Spülwasser und atmet tief ein. Er könnte jetzt sagen, dass er schon vor zwei Wochen wegen eines wichtigen Termins den Dienst fürs Wochenende weggetauscht hat. Anfang dieser Woche hat er die Servicechefin daran erinnert, sie hat ihm den Nachmittag freigegeben. Die Zeit hätte er dringend gebraucht, um sich auf seinen großen Auftritt vorzubereiten. Und nach Hamburg fahren muss er ja auch noch. Jetzt ist es schon nach 16 Uhr und er steht immer noch in der heißen Küche der *Ditzumer Spieskamer*. Der ätzende

Dunst von überhitztem Fett und scharfem Spülmittel beißt sogar in Ludger Meienbaums Nase.

»Ich kann das doch machen«, bietet Gabi an. Nett von ihr, denkt Ludger, aber sinnlos. Wenn Hillrich Janssen sich etwas in den Kopf gesetzt hat, dann gilt das.

»Nee, nee. Du putzt die Dunsthaube und wanzt dich nicht an den Kleinen ran, du Planschkuh. Das Aufräumen und Abwaschen macht der Ludger schön allein.« Janssen lacht. »Bist doch selbst schuld«, wendet er sich an den jungen Koch. »Was schmeißt du auch immer das gehackte Unkraut ins Essen, statt schön sauber ein bisschen Liebe aus der Packung über den Teller zu streuen. Immer deine Extratouren! Dann dauert es halt länger, bis du mit deinen Messerchen spielen gehen kannst.«

Ludger Meienbaum hat die Hoffnung längst aufgegeben, aus dem Dorfgasthof seines Chefs einen Laden zu machen, in dem es um mehr als um zügig serviertes reichliches Essen geht. Getrocknete Petersilie aus der Plastikdose ist für Hillrich Janssen das größte Zugeständnis an Tellerdeko und dient nur als Farbkontrast zu braungelber Panade, hellgelben Kartoffeln und weißgelber Sauce hollandaise aus dem Tetrapak. Wenn er seinen wagemutigen Tag hat, erlaubt er statt der aufgeschnittenen festen Tomate eine Physalis am Tellerrand.

Aber vermutlich ist genau dies das Erfolgsrezept der *Ditzumer Spieskamer*. An die alltägliche Touristenabfütterung im Rheiderland sind aufwendige

Garnituren verschwendet. Die Kurzurlauber wollen schnell satt werden, halten das Essen und die auf Fischerkneipe dekorierte Gaststube für landestypisch und sind schnell wieder weg, mit der nächsten Fähre über die Ems oder mit dem Auto zurück Richtung Leer und Papenburg. Ob das Essen aus dieser Küche an gedeckten Tischen serviert wird oder in Tüten verpackt mitgegeben, spielt bei Janssens Konzept keine Rolle. So hat er die *Spieskamer* mit Außer-Haus-Verkauf über die Pandemie gerettet, während die ambitionierteren Läden reihenweise dichtmachten.

Und deswegen steht Ludger Meienbaum ebenso wie Gabi Linke hier in der Küche. Sie haben beide im Augenblick keine Alternative. Klar gibt es einen gewaltigen Personalmangel in der Gastronomie. Die Aushilfskräfte mussten sich neue Jobs suchen, als die Lokale im Lockdown monatelang geschlossen waren. Und viele merkten dann, dass es deutlich angenehmere Arbeit gibt mit besseren Arbeitszeiten, freien Wochenenden und entspannterem Betriebsklima. Einige bekamen endlich feste Verträge. Von denen ist kaum einer hinter die Theke, in den Service oder in die Küche zurückgekommen. Die sind weg, und die Übriggebliebenen wie Ludger und Gabi müssen ihre Arbeit mitmachen.

Ludger Meienbaum stellt das abgetrocknete Schneidebrett senkrecht auf die Ablage und legt das große Kochmesser sorgfältig in den Koffer. Soll Janssen ruhig spotten. Mit den alten schartigen Dingern, die hier in der Küche an der Magnetleiste kleben, würde er nicht arbeiten, damit kann man Lebensmittel nur verstümmeln. Auf sein Messerset ist er stolz. Es war viel zu teuer für ihn, als er es sich damals zu Beginn der Ausbildung gekauft hat. »Vom Munde abgespart« hätte seine Großmutter wohl gesagt. Aber wenigstens kann man als Kochlehrling nicht so leicht verhungern. Irgendwas muss immer probiert werden, brennt an oder fällt vom Teller. Für ihn sind diese teuren Messer eine Investition in die Zukunft. Ach was: ein Versprechen. Bald ist er hier raus, zeigt Hillrich Janssen und seiner zickigen Tochter den Stinkefinger und kommt richtig groß raus. Die Gesellenprüfung hat er mit viel Büffelei und seinen feinen Geschmacksknospen mit Auszeichnung bestanden. Nach der Fernsehshow wird er sich die Stellen aussuchen können.

Einen sicheren Arbeitsplatz hat er hier. Janssen hat die Coronazeit nicht nur mit abgepackten Mahlzeiten zum Abholen so gut überstanden. Auch sonst hat er mehr möglich gemacht als die meisten. Ist alles Auslegungssache, war seine Devise. Habe ich mein Restaurant für alle geöffnet, ist das illegal. Ist es eine geschlossene Gesellschaft für geladene Freunde, ist es privat. Ordentlich Desinfektionsmittelspender an den Eingang und auf den Tresen und ein Schild aufgehängt, dass man die Maske nur am Platz abnehmen darf. Genau, wie es auf dem Aushang vom DEHOGA steht. Die größte Sause hat er zum 20. Jubiläum gefeiert. Das halbe Dorf war da und fast alle Lieferanten und Geschäftspartner. Bestimmt 100 Gäste. So viel

Personal hatte Janssen seit Jahren nicht im Einsatz wie an diesem Abend. Von überall her hat er die Leute rangepfiffen und mit fetten Trinkgeldern gelockt.

Aber wie das bei solchen Gesellschaften ist, blieb nicht viel hängen. Ein guter Abend mit à-la-carte bringt da immer mehr.

Hängen geblieben ist aber einiges andere. Die Maske des Wirts unter dem Kinn, die Gäste an den Tischen in den engen Nischen oder auf dem Rückweg vom Klo an der Theke. Und die Viren in den Schleimhäuten. Ist nicht jedem gut bekommen, der Abend.

Gab natürlich erst mal viel Wirbel, aber nach ein paar Monaten war das alles vergessen, außer in den Familien, in denen jemand die Krankheit nicht so gut weggesteckt hat.

Ludger Meienbaum trocknet sich die Hände ab, zieht die Kochjacke aus und stopft sie mit seiner Messertasche zusammen in den Rucksack zu seinem allergrößten Schatz, der dicken Kladde mit seinen Rezepten. Bald reichen sie für sein erstes Kochbuch. Nach der Show werden die Verlage Schlange stehen, um es zu veröffentlichen. Jetzt aber los.

Die Schwingtür knallt ihm ins Gesicht, dass ihm die Tränen in die Augen schießen. Nicht auch das noch! Obwohl eine gebrochene Nase eine gute Erklärung für sein Problem wäre. Natürlich entschuldigt sich die Janssen nicht. Ist schließlich die Service-Chefin, da müssen alle kuschen. Nur der Chef hat das noch nicht eingesehen. Das Gebrüll aus der Küche ebbt ab, als Ludger Meienbaum an der offenen Kellertür vorbei durch den Flur auf die Hintertür zugeht. Dann brandet es erneut auf.

*

»Kann es sein, dass es hier ein Nagerproblem gibt?« Doktor Kerkhoff richtet sich mit einem unterdrückten Ächzen auf und drückt verstohlen den rechten Handrücken ins Kreuz. »Für ein Speiselokal ist das aber keine gute Reklame.«

Nager sind derzeit sicher nicht das Hauptproblem der *Ditzumer Spieskamer*. Am Ende der Treppe, die in den muffigen Kellerschacht hinunterführt, liegt zwischen Staub und Spinnweben Hillrich Janssen. Der Wirt der Rheiderländer Traditionsgaststätte ist von einer dünnen Salpeterschicht überzogen. Um ihn herum liegen zerfetzte durchsichtige Plastikbeutel, dazwischen erkennt Lükka Tammling im trüben Lampenlicht krümelige Panadereste und Fischfiletbrocken. Obwohl – Fischfilet ist weiß, oder nicht? Hoffen wir mal, dass es Schnitzel sind.

Der alte Arzt breitet jetzt pietätvoll eine Papierserviette über das Gesicht des Toten. Den Kollegen von der Spusi wird das nicht gefallen, aber egal, da müssen sie durch. Lükka Tammling hat genug gesehen.

»Natürlich gibt es hier Nager!« Die raue Stimme der kräftigen Frau hinter der Hauptkommissarin klingt entrüstet. »Wir sind direkt beim Hafen. Da gibt es nicht nur Nager, sondern sogar Ratten. Mehr als Menschen, sag ich mal.« Sie versucht, sich vorbeizudrängeln, um besser sehen zu können. Vermutlich ärgert sie sich pickelig, dass sie vorhin gleich die Polizei angerufen hat, nachdem sie ihren Chef im Keller gefunden hat, statt erst mal ein paar Fotos für *Facebook* zu machen. Ach ja, das Leben ist voller verpasster Chancen.

Soll der Kollege Roman Sturm sich um Arzt und Leiche kümmern. Lükka scheucht die Zeugin in die helle Gaststube und dirigiert sie zu einem Platz beim Fenster. Die Tische sind weiß gedeckt mit rot karierten Mitteldecken, Besteck liegt, in farblich passende Papierservietten gewickelt, auf kleinen Tellern bereit. Es sieht aus wie in jedem deutschen Dorfgasthof, bis auf die Fischernetze mit den gläsernen Schwimmkörpern unter der Decke, die Schiffsbilder an den Wänden und die grob geschnitzte Galionsfigur über der Theke. Irgendwie müssen die Touristen ja merken, in welchem Landesteil sie gerade sind. Ein laminiertes Blatt Papier mit der Tages-Empfehlung des breit grinsenden rotgesichtigen Küchenchefs steckt in einem aufgeschlitzten Holzklotz und bewirbt eine erstaunlich günstige Fischplatte mit dreierlei Filet, Bratkartoffeln und Salat.

Viel zu voll, der Tisch. So kann sie nicht arbeiten. Sie setzt sich der stämmigen Blonden gegenüber und schiebt den Teller zur Seite, um Platz für den Notizblock zu schaffen. Die Mitteldecke wirft Falten, ein Plastikschildchen kippt um. »Reserviert« steht darauf. Die Gäste werden heute wohl zu Hause essen müssen. Hillrich Janssen war nicht nur der Inhaber des

Lokals, sondern auch der grinsende Küchenchef auf dem Werbeblatt. Auf dem Foto sieht er zwar nicht zum Anbeißen aus, aber wenigstens nicht so angebissen, wie er jetzt im Keller seines Restaurants auf den Transport zur Rechtsmedizin wartet.

Auf jeden Fall ist er dauerhaft arbeitsunfähig. Hoffentlich hatte er eine gute Unfallversicherung.

»Wann haben Sie Herrn Janssen gefunden?« Der Kugelschreiber schwebt über dem Papier. »Frau …«

»Linke. Gabi Linke. Na, bevor ich die Polizei angerufen habe.«

Danach wäre auch unwahrscheinlich. Vermutlich ist die Frage zu ungenau. Also neuer Versuch. Langsam und deutlich. »Der Anruf ging heute um acht Minuten nach zehn bei der Wache ein. Wann haben Sie das Lokal betreten?«

Gabi Linkes Augen werden groß und rund. Vermutlich überlegt sie, was sie als Arbeitsbeginn auf den Stundenzettel geschrieben hat und ob das Schwierigkeiten bei der Lohnabrechnung geben wird. Oder welches Problem für sie unangenehmer wird: eine Falschaussage bei der Polizei oder Schmu bei den Arbeitszeiten. »Halb zehn«, antwortet sie endlich. »Oder ein bisschen später.«

Es ist eine mühsame Angelegenheit, Gabi Linke die Einzelheiten des Leichenfundes aus der Nase zu ziehen, aber irgendwann stehen die Eckdaten in Lükka Tammlings sauberer Schrift auf dem Block. Dass die Küchenhilfe zur Arbeit gekommen ist und sich fürchterlich geärgert hat, weil in der Küche so gar nichts vorbereitet war. Zumal sie ein bisschen spät dran war. Dass sie dann, vermutlich schimpfend und murrend, aufgebrochen ist, um selbst alles fürs *Mise en Place* zusammenzutragen. Dass sie dafür eingefrorenen Fisch, Pommes und Tiefkühlgemüse aus dem Keller holen wollte. Keine Schnitzel, registriert die Kommissarin. Kein Wunder, dass das Essen so günstig ist, wenn alles vorbereitet aus dem Tiefkühler kommt. Und dass sie das dann auch nicht erledigen konnte, weil eben der Chef unterhalb der Treppe im Weg gelegen hatte. »Im Ernst, wie soll ich denn so mit allem fertig werden, ehe …?«

»JA, HACKT ES DENN BEI DIR? Was sitzt du hier rum? Du wirst nicht fürs Kaffeetrinken bezahlt. Hopp, hopp, an die Arbeit!«

Gabi Linke zieht den Kopf zwischen die runden Schultern, als eine hagere brünette Frau mit blauweiß gestreiftem Fischerhemd und langer Kellnerschürze heranrauscht wie eine Naturgewalt und den Rest des Satzes mit ihrem Gebrüll wegbläst. In einem größeren Restaurant würde sie sich wohl als »Manager Food and Beverage« bezeichnen. Hier in der *Ditzumer Spieskamer* macht sie einfach nur viel Wind.

Lükka Tammling reagiert empfindlich, wenn Menschen Führungsstärke mit Lautstärke verwechseln. Also richtet sie sich auf und bringt die Gewitterfront mit einem energischen »Stopp« und erhobener Handfläche zum Anhalten. Klappt bei kläffenden Hunden auch meistens. In das kurze verblüffte

Schweigen wirft sie rasch die Frage: »Und wer sind jetzt Sie, bitte?«

Die Blonde fängt sich schnell. »Silke Janssen. Serviceleiterin«, schnappt sie. »Wir haben noch nicht geöffnet, und Sie sitzen an einem reservierten Tisch, den ich ordentlich fürs Mittagsgeschäft eingedeckt hatte. Mit meiner Mitarbeiterin, die jetzt in der Küche stehen muss.« Sie schnaubt entrüstet. »Was hat das zu bedeuten? Warum halten Sie Frau Linke von der Arbeit ab und bringen hier alles durcheinander?«

Schon nachvollziehbar, diese Fragen, auch wenn der Ton eine Zumutung ist. Also stellt sie sich vor: »Lükka Tammling. Polizeiinspektion Leer-Emden, Fachkommissariat 1. Ich ermittle in einem Todesfall.« Siedend heiß fällt ihr die Namensähnlichkeit zum Wirt auf. Nun ist Janssen kein seltener Name im Rheiderland. Gefühlt heißt jeder dritte Ostfriese so. Trotzdem sollte sie die Nachricht wohl etwas schonender formulieren.

Eine gute Entscheidung, wie sich herausstellt, denn tatsächlich ist Silke Janssen die Tochter des Verblichenen. Aber läuft die frisch Verwaiste jetzt weinend los und hängt ein Schild mit der Aufschrift »Wegen Trauerfall geschlossen« in die Eingangstür? Schickt sie die Küchenhilfe bis auf Weiteres nach Hause? Von wegen. Sie blickt zu Boden, bläst die Backen auf und lässt die Luft langsam entweichen. Dann strafft sie sich und wendet sich an Gabi Linke, die noch immer unglücklich auf dem Stuhl hockt und offenbar nicht weiß, ob sie noch bleiben soll oder aufstehen kann.

Wie Hagelkörner prasseln die Anweisungen auf die Blonde ein, die vergeblich versucht, Einwände anzubringen. Lebensmittel holen. Alles vorbereiten. Den Aushilfskoch anrufen. Alles innerhalb einer halben Stunde. Dass der Keller als Tatort abgesperrt ist und die Tiefkühltruhe immer noch im Keller und damit außer Reichweite steht, wischt Silke Janssen mit einer ungeduldigen Handbewegung beiseite. »Ludger soll auf dem Weg zur Arbeit einkaufen.« Sie unterbricht sich, runzelt die Stirn, schüttelt den Kopf. »Das wird zu spät. Ich fahre selbst.« Sie springt auf. »Sie sehen ja selbst, ich habe viel zu tun.«

Weg ist sie und Gabi Linke auch, und Lükka Tammling guckt stumm auf ihren Block.

*

»Der Nachwuchskoch, die verschüchterte Aushilfe, die Tochter? Wer war es denn jetzt?« Lükka Tammling rauft sich die Haare und starrt ihren Kollegen an.

Roman Sturm legt sein angebissenes Käsebrot auf den Schreibtisch, verschränkt die Hände im Nacken und starrt zurück. Lükka liebt Käse. Aber für diesen überreifen Limburger ist es heute zu warm. Der Gestank ist beinahe mit Händen zu greifen. Trotzdem knurrt ihr Magen.

Die vielen Vernehmungen des Tages haben nicht ein Tatmotiv zutage gefördert, sondern geschätzt 42. Allen Zeugen haben sie dieselbe Frage gestellt: ob Hillrich Janssen Streit mit irgendwem hatte. Die Antworten waren zwar jedes Mal ein bisschen anders formuliert, aber es lief immer auf eines hinaus: Natürlich hat er Streit gehabt. Täglich. Mehrmals. Hillrich Janssen war Koch. In einer anständigen Restaurantküche fliegen schon mal die Bratpfannen und Messer. Allgemeines Achselzucken. Das ist offenbar normal. Im Gegensatz zu den meisten Köchen. Muss an der Hitze liegen, am Stress, am Kochwein oder am Koks. Angestellte, Lieferanten, Gäste und Lebensmittelkontrolleure sind sich einig, dass der Wirt der *Ditzumer Spieskamer* das Rollenmodell eines Kochs war.

»Meine Favoritin ist Silke Janssen«, verkündet Lükka Tammling. Das hat gar nichts damit zu tun, dass sie der Serviceleiterin oder Chefkellnerin oder was sie nun auch immer ist, nicht aufs Fell gucken kann. Redet sie sich jedenfalls ein. »Geschwister hat sie nicht, die Mutter ist kurz nach der Feier zum 20. Betriebsjubiläum an Corona gestorben. Jetzt erbt sie den ganzen Laden und kann endlich die Chefin raushängen lassen.«

»Genau das ist ihr Problem«, wendet Roman Sturm ein. »Auf einmal sitzt sie da mit dem maroden Kasten ohne Personal und mit einem vollen Reservierungsbuch. An ihrer Stelle hätte ich den Wirt eher in Watte gepackt, als ihn die Kellertreppe runterzustoßen und die Tür hinter ihm zu schließen. Auch wenn er noch so ein Ekel war.«

Und das war er, auch da gibt es keine unterschiedlichen Meinungen. Immer jovial zu den Gästen. Oder auch scheißfreundlich, wie die Ehrlicheren es ausdrückten. Zu den Untergebenen rücksichtslos und grob. Offenbar verging keine Woche ohne Tränen oder Gebrüll.

Es klopft. Gleich darauf öffnet sich die Tür, und Ludger Meienbaum kommt ins Büro. Er ist blass und sieht überarbeitet aus. Kein Wunder, denkt Lükka. Er hat eine lange Arbeitswoche in den Knochen, dazu eine Reise nach Hamburg zu anstrengenden Fernsehaufnahmen und wieder zurück. Statt sich danach ausruhen zu können, musste er sich ganz allein um das Mittagsgeschäft kümmern.

»Tut mir leid, ich habe meinen Rucksack hier vergessen.« Er zeigt auf den unförmigen Beutel neben Lükkas Schreibtisch und lächelt schief. »Da ist meine ganze Zukunft drin.«

Lükka nickt. Er hat bei der Vernehmung erzählt, dass er an einem Kochbuch arbeitet, und hat ihr die Kladde gezeigt, die schon fast voll mit seinen handgeschriebenen Rezepten ist. Der junge Koch ist richtig ins Schwärmen geraten, als er die Kompositionen aus ungewöhnlichen Zutaten und Aromen beschrieben hat. Es ist doch immer wieder schön, wenn Menschen für ihren Beruf brennen, denkt die Kommissarin. Von der Fernsehsendung, von der für ihn so viel abhängt, hat er nicht viel erzählt, vielleicht musste er eine Verschwiegenheitsklausel unterschreiben.

Sie will ihm gerade den Rucksack zureichen, dann zögert sie.

»Warum haben Sie die Kellertür eigentlich geschlossen?«, fragt sie im Plauderton.

Die Antwort kommt sofort: »Da unten sind immer Ratten, die will man nicht in der Küche haben.«

Da hat er recht. Aber wäre die Tür offen gewesen, würde niemand bezweifeln, dass Hillrich Janssen nach einem anstrengenden Arbeitstag auf der obersten Stufe gestolpert ist, als er mit Vorräten bepackt aus dem Keller kam.

Auf einmal ist ihr alles klar.

Ludger Meienbaum hat keine Miene verzogen, als er das Büro betreten hat, das so gewaltig nach Limburger stinkt, dass Lükka fast die Augen tränen. Seine feine Nase und die unbestechlichen Geschmacksknospen haben auf ganzer Linie versagt. Bei vielen Patienten, die ungeimpft an Corona erkrankten, ist der Geruchssinn auch viele Monate danach noch gestört. Die große Superspreaderparty in der *Ditzumer Spieskamer* hat dem ehrgeizigen jungen Koch die Zukunft ruiniert, und Hillrich Janssen, das alte Ekel, hat es sich nicht verkneifen können, ihm das aufs Brot zu schmieren.

»Er hat mich ausgelacht. Ich würde bei der Show nicht einmal Trüffel von Kuhfladen unterscheiden können«, gibt Ludger Meienbaum zu. »Aber in der *Spieskamer* käme es darauf nicht an, die Produkte seien immer gleich. Als er mir dann auch noch auf die Schulter klopfen wollte, habe ich rotgesehen.«

Roman Sturm hat schweigend zugehört. Jetzt nimmt er sein Käsebrot und stopft sich den Rest in den Mund. Er kaut und schluckt. Dann blättert er durch seine Aufzeichnungen. »Hier steht nirgends, ob die Kellertür offen oder geschlossen war, als die Zeugin den Toten gefunden hat. Ist so eine Sache mit der Erinnerung.«

Lükka Tammling hebt den Rucksack auf und hält ihn Ludger Meienbaum hin. »Da ist Ihre ganze Zukunft drin«, sagt sie.

DIE KAKOFONIE

GÜNTER NEUWIRTH

Ich habe sie getötet!

Meinen Engel, dieses ätherische Fabelwesen aus einer anderen Zeit und einer anderen Welt, diese Wasserfee mit ihrem Geigenbogen. Da stehe ich am Fenster und blicke in die Gasse hinab und sehe den dunklen Wagen, in dem der Metallkasten verschwindet, von Männern mit sachlichen Gesichtern und unberührten Gemütern weggepackt. Alles stürzt in mir zusammen. Ich habe mit Hingabe, mit Sehnsucht, mit der Freude, Zeuge eines scheinbar überirdischen Vergnügens zu sein, ihrem Geigenspiel gelauscht. Irina war ein so talentiertes Kind, kaum 17-jährig, dünnhäutig und schön, still im Umgang und verständig, und vor allem hatte sie neben diesem erstaunlichen Talent für das Geigenspiel auch diese mich in allen Arealen meiner Seele erfassende Klarheit des klanglichen Ausdrucks.

Und ich habe sie getötet!

Mit Lärm.

Mit der Verschmutzung des Luftdrucks.

Mit der Kakofonie.

Der tödlichen Kakofonie.

Der Wagen fährt ab, schafft sie für immer fort, ich taumle zum Tisch, stütze mich mit beiden Händen, muss mich setzen, taste nach dem Wasserkrug, fülle mein Glas und benetze meine spröden Lippen. Bin ich vom Wahnsinn besessen? Bin ich zu einem wütenden Berserker geworden, seelisch zermürbt von dem mich umgebenden Getöse?

Wie soll ich leben, wenn ich nicht mehr Irinas Geigenspiel lauschen kann?

Sie war so fleißig, nachmittags zwischen 15 und 17 Uhr hat sie Geige und Bogen zur Hand genommen. Absolvierte Fingerübungen, lief Skalen hinauf und hinunter, übte sich im Largo und im Presto, experimentierte mit Pentatoniken, spielte zuvorderst einfache Etüden und steigerte sich zu Sonaten und Serenaden.

Im Sommer war es ein Leichtes, ihrem Spiel zu lauschen. Das Fenster ihres Zimmers hinaus in den Hinterhof war stets geöffnet, also setzte ich mich in freudiger Erwartung ihres Spiels an mein ebenso geöffnetes Fenster und lauschte in den Nachmittag.

Der Besitzer hat seine leer stehende Wohnung Mutter und Tochter überlassen, als diese auf der Flucht in Leer angekommen waren. Als dieser furchtbare und sinnlose Krieg ausgebrochen war, hatte sich das Land sehr hilfsbereit gezeigt. Allein der Gedanke, in den Hörbereich einer mit Granaten und Raketen beschossenen Stadt zu geraten, führt bei mir zu fieberhaftem Schüttelfrost. Zu welch unermesslicher Grausamkeit waren Menschen imstande? Der Wahnsinn hat Methode, denn mit Plan und Ziel verfeuerten die Artilleristen den in Eisen gefassten Lärm. Mutter und Tochter hatten aus Charkiw flüchten müssen. Der Vater war zurückgeblieben. Als Journalist des ukrainischen Fernsehens, so habe ich es erlauscht, war er bei Dreharbeiten im Kriegsgebiet in einen Feuerüberfall geraten und von Lärmraketen erschlagen worden. Auch das Haus der Familie am Stadtrand war dem Getöse zum Opfer gefallen und bis auf die Grundmauern niedergebrannt. So waren Mutter und Tochter entwurzelt in Leer geblieben. Die beiden versuchten, ein neues Leben aufzubauen. Die Mutter unterrichtet nicht mehr deutsche Literatur an der Universität, sondern in Kursen für Flüchtlinge und Ausländer Deutsch als Fremdsprache. Irina geht zur Schule und bereitet sich auf das Abitur und die Aufnahmeprüfung an der Musikhochschule vor.

Im Winter, wenn Irina das Fenster geschlossen hielt, lag ich mit dem Stethoskop auf dem Fußboden und lauschte den sich in den alten Holzbalken und Mauern beinahe verlierenden Klängen. Wenn sie den Bogen zart über die Saiten streichen ließ, hörte ich beinahe nichts, doch meine Fantasie reichte aus, den schüchtern sich versteckenden Klang zu erahnen.

Wir waren so glücklich miteinander, das junge Mädchen mit der Geige und der alternde Schallforscher einen Stock darüber.

Wir mussten nicht miteinander reden, wir mussten uns nicht einmal sehen, wir mussten nur wissen, dass sie den Klang erzeugte und ich dem Klang lauschte. Das Leben war ein Traum, die Wirklichkeit für diese zwei Stunden pro Tag ein Ort des Glücks und der Harmonie.

Und dann habe ich alles zerstört. Vor einem halben Jahr hat es begonnen. Ich trage die alleinige Schuld.

Nur ich.

Beinahe zehn Jahre habe ich meine Wohnung nicht verlassen, habe meine Forschungen aus meinem Reich der Sicherheit und Abgeschiedenheit betrieben, habe die Mikrofone auf die unterschiedlichsten Arten und Weisen ausgelegt, ganz simpel mit Teleskopstangen zum Fenster hinaus oder sehr aufwändig mit Sonden durch die Wasserleitung oder durch die Abwasserrohre. Seit ich nach den Nervenzusammenbrüchen zurück in meine Heimatstadt geflüchtet war, lege ich ein Archiv der Kakofonie an, forsche nach den versteckten Signalen und Botschaften im Lärm der Menschen. Ich bin sehr fleißig und exakt, dokumentiere gewissenhaft.

Als wissbegieriger junger Mann bin ich aus Leer fortgegangen, um an der altehrwürdigen Universität zu Köln meine Studien zu betreiben. Doch das Leben in Köln war unerträglich und führte mit apodiktischer Kausalität zur Katastrophe. Schon während der ersten Semester wuchs und wuchs die Zermürbung durch den Lärm, Monat für Monat verlor ich an Substanz. Der Nervenzusammenbruch war eine logische Folge.

Danach zog ich in eine kleinere Stadt, in der Hoffnung, dem Getöse zu entkommen. Doch auch Oldenburg war zu groß, zu laut, zu stickig, und es folgte nach nur zwei Jahren der zweite Nervenzusammenbruch.

So kehrte ich in das Land hinter dem Deich zurück und kaufte eine geräumige Wohnung im Obergeschoss eines Hauses. Die stille Gasse der Altstadt schien geeignet, um mich dort niederzulassen. Wo sonst kann man Ruhe und Beschaulichkeit finden als im Land meiner Vorfahren? Das Schicksal hat mir neben einem höchst empfindlichen Gehör auch das reiche Erbe ausbeuterischer Vorfahren gegeben. Ich habe jeden Kontakt mit den anderen Mitgliedern meiner Verwandtschaft abgebrochen, die Bestien betreiben die Reederei weiterhin als Familienbetrieb, ich forsche nach den Unwägbarkeiten des Lärms. Das Geld meines verstorbenen Vaters habe ich natürlich genommen, denn das Erbe ermöglicht mein zurückgezogenes Leben.

Kaum hatte ich mich häuslich eingerichtet, entwickelte ich die lebensrettende Idee, die für mich geradezu tödliche Kakofonie methodisch zu erforschen.

Gute Wissenschaft ist gute Dokumentation, das weiß ich gewiss, also füllten sich über die Jahre die Zimmer mit den Tonspuren des kleinstädtischen Lärms. Denn überall, wo Menschen leben, existiert der Lärm, auch in der Stadt an der Mündung der Leda in die Ems.

Ich verfüge über Abertausende Tonaufzeichnungen brummender Kühlschränke, rotierender Waschmaschinen, pfeifender Teekessel und rauschender Toilettenspülungen, ich kann auf jahrelang ununterbrochene Mitschnitte der Geräusche in der Gasse vor dem Haus zurückgreifen, ich kann jedes in den letzten Jahren gesprochene Wort in der Nachbarschaft nachhören, alles ist fein säuberlich in Audiodateien digitalisiert und auf einem stetig wachsenden, exakt katalogisierten Bestand von CD-ROMs gespeichert. Ich bin zum Bibliothekar der Kakofonie geworden.

Meine Wohnung ist im eigentlichen Sinn keine Wohnung mehr, sie ist ein Archiv mit Regalen und Karteischränken. Was braucht ein alleinstehender Forscher schon? Eine kleine Küche, ein kleines Bad mit Toilette, einen kleinen Schlafraum. In diesem Sinne habe ich meine Wohnung Jahr um Jahr umgestaltet, mich als Person zurückgenommen, meine Forschungsarbeit ausgebreitet.

Alles lief gut, ich war der Kakofonie auf der Spur.

Als dann auch noch das zierliche Kind im Untergeschoss begann, Geige zu spielen, und sich ihr unerhörtes Talent schnell offenbarte, war meine Seligkeit grenzenlos. Zwölf Stunden täglich harte Arbeit am Forschungsgegenstand, zwei Stunden pures Vergnügen und Erholung beim Lauschen von Irinas Geige. Ihr Spiel war das Fenster zu einem anderen Universum, ihr Spiel gehörte einfach nicht zur Kakofonie, die mich seit jeher quält, die mir Schmerzen bereitet, die mein Leben zur Hölle macht, die ich nur ertragen kann, wenn ich sie erforsche, dokumentiere und entschlüssle.

Und dann, vor etwa drei Monaten, fand ich heraus, dass die Kakofonie sich vor mir zu verstecken begann, dass sie vor mir flüchtete, sich mir entzog. Ich fand heraus, dass die Kakofonie in mir den letzten verbliebenen Feind sah, den einzigen Mann, der in der Lage war, ihr bei ihrem Vernichtungsfeldzug gegen die Freiheit der Menschen Paroli zu bieten.

Also musste ich mich unter entsetzlichen Qualen aus meiner Wohnung wagen, ausgerüstet mit der neuesten Technik akustischer Aufzeichnung, gespickt mit in der Kleidung versteckten Mikrofonen. Ich musste mich unter Menschen mischen, ich musste Kaufhäuser, Bushaltestellen, den Hafen und den Leeraner Bahnhof frequentieren, in die sterile Schutzkleidung eines Laboranten gehüllt, mit Atemschutzmaske, mit Latexhandschuhen und Sonnenbrillen im Gesicht.

Mein Aufzug wäre vor der Pandemie höchst auffällig gewesen. Durch die Erfahrungen während der Seuche dachten die Menschen, ich schütze mich vor Ansteckungen.

Auch wenn keiner der durch die Bahnhofshalle hastenden Menschen die Wahrheit ahnte, die Schallmuster waren da, umhüllten sie, setzten unabdingbare Imperative in ihre Köpfe, verwandelten sie in gehorsame Diener der im Einzelnen unhörbaren Befehle. Viele Hunderte Menschen gingen an mir vorbei und setzten durch das Knistern ihrer Polyesterhemden, das Rascheln ihrer Rollkragenpullis, ihrer Gummisohlen auf dem Boden, ihrer hektisch verströmenden Stimmen ein Klanggebilde in die Luftmoleküle, welches sie zu Sklaven machte.

Zu Sklaven des Lärms!

Ich wusste dies immer schon, offenbar als einzig Hörender unter den Gehörlosen, und doch verstand ich die Botschaften der Kakofonie nicht auf Anhieb. Aber die Botschaften waren da, ich wusste das mit Gewissheit, ich erforschte als isolierter Kundiger die Ahnungslosigkeit der Allgemeinheit. Mehr zu hören, mehr zu wissen als die anderen, war eine Last, eine Bürde, machte mich zum Grenzgänger zwischen den akustischen Wirklichkeiten dieser Stadt, zum gewiss ersten, vielleicht sogar letzten Forscher des Schalls.

»... haben Sie schon gehört, der Müller aus dem Wohnblock in Leerort hat sich vorige Woche vor die Eisenbahn geworfen.«

»Nahörensieaberauf, deswegen immer diese lästigen Verspätungen ...«

»... die Politiker sind alle korrupt, ausnahmslos, alles Verbrecher ...«

»... du, Jessica, ich ruf dich morgen wieder an, jetzt hab ich es supereilig, ich muss gleich zum Beratungstermin für die Schönheits-OP ...«

Der Wahnsinn hat Methode.

Ich stoppe die letzte Tonbandaufzeichnung.

In die Alltäglichkeit des Schalldruckes mischen sich die geheimen Botschaften, Kryptogramme einer Verschwörung gegen die Menschen, mit dem von der Kakofonie ausgeheckten Ziel, den letzten Rest von freiem Willen zu brechen, mit dem Ziel, die Menschen zu unterjochen.

Im Lärm.

Das ist meine Erkenntnis.

Doch der Weg zu dieser Erkenntnis war ein unsäglich mühevoller und, wie ich nun feststellen muss, ein zerstörerischer. Jahrelang habe ich die Kakofonie über Kopfhörer belauscht, habe die kompliziertesten und teuersten Apparate eingesetzt und dabei mein Erbe bis auf kleine Reste verbraucht, doch durch diese Arbeit hat meine Hörfähigkeit gelitten, mein Gehör wurden schwächer, ich vernahm immer seltener die Zwischen- und Untertöne des Lärms, doch gerade in diesem kaum vernehmbaren Bereich ist dessen Zerstörungswut verankert. Also musste ich die Lautstärke beim Abspielen der Aufzeichnungen zu Analysezwecken erhöhen. Das Gezeter der irrsinnig gewordenen Menschheit auf voller Lautstärke in sämtlichen Frequenzbereichen der Hörbarkeit hat in den letzten Wochen nachts mein Studierzimmer erfüllt. Selbstverständlich habe ich mein Studierzimmer schalldicht isoliert, es kam niemals zu einer Klage der Nachbarn. Doch eines wird mir jetzt klar: Irina hat mit ihren überaus feinen Sinnen die Tonbandaufzeichnungen der Kakofonie erspürt.

Ja, so muss es gewesen sein!

Die Schallwut der Kleinstadt hat sich nachts in ihren Schlaf geschlichen, hat ihr Albträume eingeflüstert, hat ihr Angst gemacht, hat sie in Verzweiflung gestürzt. Ich bin schuld! Ich hätte weiterhin den

Kopfhörer verwenden müssen. Ich hätte sie niemals der Kakofonie aussetzen dürfen! Ihre Sinne waren zu fein, ihr Gemüt zu fragil, ihre Angst zu groß für die Kakofonie.

Deshalb hat sie in der Badewanne ihre Pulsadern geöffnet, deshalb hat sie ihr junges Leben rot verströmt, deshalb hat sie mich verlassen, deshalb ist sie in die Stille des Todes geflüchtet.

Ich habe sie getötet!

Mein Kopf sinkt auf die Tischplatte, ich bin ausgelaugt, mit meinen Kräften am Ende, ich stehe vor einem Kollaps. Ich muss ebenfalls meine Arterien öffnen, meinem jämmerlichen Leben ein Ende setzen. Die Kakofonie ist stärker als ich. Jahrelang habe ich ihr getrotzt, habe ein komplexes System der Selbstbehauptung entworfen, aber jetzt ist alles vergeblich und verloren und hoffentlich auch bald vergessen.

Ich bin bereit.

Also erhebe ich mich, schüttle die Lähmung von mir, fasse Mut für den Abschluss meiner Forschung. Mit wackeligen Schritten und zitternden Händen starte ich den Computer, suche im Dateisystem nach den entsprechenden Audiodateien und bespiele zwei Audio-CDs mit denselben Daten. Danach schreibe ich einen Abschiedsbrief. Unversehens gerät der Brief lang, ich sitze stundenlang daran, der Brief verwandelt sich zu einem Manifest für Irina. Um 5 Uhr früh drucke ich endlich den Brief aus, unterzeichne ihn mit blauer Tinte und lege ihn und eine der beiden CDs exakt auf die Mitte meines Schreibtisches. Präzision ist das oberste Leitprinzip wissenschaftlicher Forschung! Im Brief bekenne ich mich schuldig an Irinas Tod, darin erkläre ich mich verantwortlich, Irina der Verzweiflung der Kakofonie überlassen zu haben.

Die Müdigkeit der durchwachten Nacht erfasst mich, doch ich muss ihr widerstehen.

Ich bereite mir ein kleines Mahl. Es besteht aus einem Butterbrot mit Apfel, einer Schale Müsli und einer Kanne schwarzem Tee.

Gestärkt und gefasst packe ich die zweite CD sowie alle weiteren Utensilien in meinen Koffer und mache mich auf den Weg, versperre von außen die vier Schlösser meiner stählernen Wohnungstür. Ich eile die Treppe hinab, blicke auf die Uhr, 6 Uhr ist es geworden, die Stadt erwacht zu einem neuen Tag, der Lärm erhebt sich zu neuer Wucht. Mein Kopf schmerzt, ich wanke mehr, als dass ich laufe, aber ich schaffe es, die Doktor-vom-Bruch-Brücke zu überqueren. Ich blicke nicht auf die vertäuten historischen und zeitgenössischen Schiffe und Boote, ich bin voll fokussiert.

Ich erreiche die betreffende Straße, finde das Haus, trete in den Flur, steige die Treppe empor, nach Atem ringend, mich an den Wänden abstützend.

Erster Stock, die Tür vor mir weist ein Namensschild auf: Witte.

Ich habe es tatsächlich geschafft. Mit letzten Kräften drücke ich die Klingel, lange, ohne Pause, unbeirrbar, wissend, dass Herr Witte noch schläft und ich ihn wecken muss. Nach einer Weile höre ich Schritte hinter der Tür.

Endlich.

Herr Witte fragt mich verschlafen, zerknautscht und nicht gering verstört von oben bis unten musternd, wer ich sei.

Ich müsse dringend mit ihm sprechen, artikuliere ich beinahe fehlerfrei, obwohl ich seit Jahren nicht mehr gesprochen habe.

Worum es ginge, fragt mich Witte.

Ich erkläre, dass Irina tot sei.

Schrecken mischt sich in die Miene des Geigenlehrers, er taumelt. Er bittet mich hinein, fragt nach meinem Namen.

Mein Name sei unerheblich, erkläre ich, ich sei ein Seelenfreund von Irina gewesen.

Die Tür fällt hinter uns zu, zwei Männer stehen im Vorzimmer der geschmackvoll eingerichteten Wohnung des weit über die Grenzen der Stadt hinaus bekannten Geigenlehrers Heiner Witte, der Genannte im Morgenrock, sein Gast im weißen Kittel eines Wissenschaftlers, Latexhandschuhe übergestreift.

Wie es passiert sei, fragt Witte, und warum ich diese Nachricht um 6 Uhr früh überbringe.

Ich greife in den Koffer und reiche ihm die CD. Die fragenden Blicke des Geigers begegnen mir.

Auf diesem Datenträger sei die vollständige akustische Aufzeichnung einer speziellen Geigenstunde, die er Irina in der Wohnung ihrer Mutter gegeben habe, erkläre ich.

Der Mann blickt mich irritiert an.

Er müsse wissen, erkläre ich, ich sei schuld an Irinas Selbsttötung, ich habe sie der Kakofonie ausgeliefert, ich hätte als aufmerksamer Wissenschaftler früher Bescheid wissen müssen, ja, ich habe versagt, kläglich versagt. Ich hätte hochrechnen müssen, dass ein egozentrischer Päderast, der die Geschlechtsteile eines Engels beschmutzen will, sich niemals ebenjenem Engel auch nur auf 100 Meter nähern dürfe. Ja, es sei mein epochales Versagen, erkläre ich, aus dem stümperhaftem Spiel des Herrn Geigenlehrers nicht dessen Niedertracht herausgehört zu haben. Ich sei, insistiere ich, ein Dummkopf und Dilettant in jeder Hinsicht. Außer in der Handhabung dieser Elektroschockpistole.

Der Stromschlag fährt dem Mann in die Glieder. Er schreit und stürzt gelähmt zu Boden.

Ich öffne den Koffer zur Gänze, entnehme das Klebeband, fixiere seine Hände hinter dem Rücken, fessle die Knöchel und verklebe den Mund. Dann ziehe ich dem Geigenlehrer den Kunststoffbeutel über den Kopf, dichte ihn ab und warte.

Ich warte.

Ich warte.

Die Stille kehrt ein. Die segensreiche Ruhe.

Wenig später stehe ich wieder auf der Brücke und blicke hinab auf die Oberfläche des Hafenbeckens. Den Lärm der Autos und Menschen vernehme ich nicht, mein Gehör versagt vollkommen, keinerlei Impulse dringen von den filigranen Ohrknochen und dem sie umgebenden hochsensiblen Gewebe über die Nervenbahnen bis zu meinem Cortex. Es ist ein anatomisches Phänomen. Ich bin glücklich, endlich zu höchster Weisheit emporgestiegen zu sein. Meine Forschung ist überraschend auf der Brücke zur Vollkommenheit gereift. Ich höre nichts.

Die Kakofonie ist endgültig besiegt!

Ich entnehme meinem Koffer die Rettungsweste und lege sie an. Sie ist schwer. Vor Stunden habe ich den Polystyrolschaum entfernt und den Hohlraum mit Sand gefüllt. Ein Forscher muss auch zu unkonventionellen Mitteln greifen.

Ich klettere über das Geländer und überantworte mich dem Wasser.

In einer Nebenkammer meines Geistes erlausche ich leise Musik. Pure Glückseligkeit. erfasst mich. Irinas Geigenspiel zuletzt.

RUPERT ERMITTELT

KLAUS-PETER WOLF

Hauptkommissar Rupert saß im *Café ten Cate* und sah dem Heiratsschwindler beim Balzen zu. Der Typ hatte es echt drauf. Rupert hoffte, von ihm etwas lernen zu können.

Rupert fand, dass er wesentlich besser aussah als dieser Charmeur. Aber wieso, fragte er sich leicht frustriert, werden dann bei dem alle schwach?

Nun, man kann nur von den Besten lernen, hatte seine Mutter ihm immer wieder gesagt.

Rupert bestellte sich bei Monika Tapper einen Latte macchiato. »Aber ohne Milch.«

»Ohne Milch?«

»Ja, ich hab neuerdings eine Laktoseintoleranz, sagt Beate.«

Eigentlich hatte Rupert gedacht, so etwas bekämen nur Frauen. Für ihn war Laktoseintoleranz vergleichbar mit Menstruationsbeschwerden oder den Wechseljahren.

Monika lächelte ihn amüsiert an: »Latte macchiato

ohne Milch gibt es nicht. Ohne Kuhmilch aber schon. Möchtest du Hafer oder Soja?«

Rupert willigte ein: »Hafer.«

Alexander Hanken hatte drei Jahre gesessen, weil er Frauen die große Liebe vorgespielt und sie dann ausgenommen hatte. Einige ruinierten ihre gut laufenden Geschäfte. So manches Einfamilienhaus brach unter der Last der Hypotheken zusammen.

Zwei Frauen hatten bis zum Schluss zu ihm gehalten und ihm weiter Liebesbriefe ins Gefängnis geschickt. Doris Wallbaum und Eva Bartong.

Aber im Knast war für ihn nicht nur parfümierte Liebespost angekommen, sondern auch Postkarten mit Zahlen darauf und einem Totenkopf. Jede Postkarte hatte eine niedrigere Nummer. 6. 5. 4. 3. 2. Die letzte am Tag seiner Entlassung. Die 1.

Das wurde von seiner Rechtsanwältin und seiner Bewährungshelferin als Countdown bewertet. Sie beantragten Personenschutz für Alexander Hanken.

Sie waren damit nicht durchgekommen. Eine akute Bedrohungslage ließ sich – laut Staatsanwaltschaft – nicht ausmachen. Doch im Kommissariat Norden wollte man keinen Ärger, solang der durch Berichte in Illustrierten recht bekannt gewordene Heiratsschwindler sich hier aufhielt. Er besaß eine Ferienwohnung in Norddeich, um die ein heftiger juristischer Streit entbrannt war. Ein enterbter Sohn wollte die Wohnung zurück.

Rupert hatte sich freiwillig zu diesem Einsatz gemeldet. Nicht etwa als Personenschützer. Für so etwas gab er sich nicht her. Dieser eitle Fatzke wollte sich doch nur mit Bodyguards bei seinen Liebschaften aufwerten. Heutzutage galt ein Mann, der bewacht werden musste, in den Augen vieler Frauen als Popstar. Aber Rupert beobachtete ihn trotzdem.

Ann Kathrin Klaasen wollte keinen Ärger in der Stadt. »Dies könnte ein angekündigtes Verbrechen werden, und das soll doch nach Möglichkeit, wenn überhaupt, woanders stattfinden«, hatte sie in der Dienstbesprechung zum Missfallen der neuen Kripochefin Elisabeth Schwarz gesagt.

Alexander Hanken hielt Händchen mit Doris Wallbaum. Sie hatte sich schick gemacht. Schöne, aber garantiert unbequeme, glänzend rote Lackschuhe. Ein Kleid, das die Frau darin wie ein Geschenk aussehen ließ, das nur darauf wartete, ausgepackt zu werden.

Hanken trug seine Kleidung mit einem merkwürdigen Hochmut, so als sei er Besseres gewohnt, wolle das aber nicht raushängen lassen, um den Menschen keinen Vorwand zu geben, neidisch auf ihn zu sein.

Ann Kathrin nannte das: herausgestelltes Understatement. Rupert fragte sich, ob der auf verarmten Adel machte.

Er schnappte Gesprächsfetzen auf, aus denen deutlich wurde, dass die beiden vorhatten, von *ten Cate* aus ins *Teemuseum* zu gehen. Sie wollten dort heiraten, denn diesmal war es ihm ernst. Er wollte, wie er beteuerte, vor der ganzen Welt beweisen, dass er die Liebe seines Lebens in Doris Wallbaum gefunden hatte, obwohl er sie gar nicht verdiente.

Manchmal hatte Hanken etwas fast Unterwürfiges an sich. Sie dagegen war gar nicht dominamäßig drauf, sondern versuchte sofort, ihn aufzubauen und sagte ihm, wie toll er sei. Er müsse nicht immer an sich zweifeln, und die Zeit seiner Selbstvorwürfe sei doch nun wirklich vorbei.

Rupert verstand sie gut. Sie war eine von den *Helferinnen*, so wie seine Frau Beate. Sie tat alles, um die Welt ein bisschen lebenswerter zu gestalten und schämte sich im Grunde dafür, wenn es ihr besser ging als vielen anderen Menschen.

Hanken hatte seine Eierlikörtorte mit Genuss gegessen, und von ihrer Erdbeertorte nahm er gern den Rest. Er hatte sein Handy als Gentleman nicht auf dem Tisch liegen, sondern in seiner Jackentasche. Immer wieder griff er wie spielerisch hinein. Rupert glaubte schon, er habe darin eine Waffe versteckt, um sich notfalls verteidigen zu können, doch dann vibrierte das Handy mit leichtem Brummton.

Hanken verabschiedete sich kurz zur Toilette. Rupert folgte ihm rasch. Hanken verschwand hinter einer Klotür. Rupert grinste. Der Mann wollte nur ungestört telefonieren, das war ihm sofort klar gewesen.

Er meldete sich mit: »Hallo, mein Schatz ... Ich freue mich, dass du anrufst, aber das ist gerade sehr ungünstig ... Ich bin in einer wichtigen Besprechung ... Ja, das kann dauern ... Leider ...«

Rupert lehnte sich gegen die Tür, als würde er nur darauf warten, endlich dranzukommen. Ein anderer

Gast betrat den Raum und sah Rupert an. Der deutete auf die Tür hinter sich und sagte: »Besetzt.« Der andere nickte wissend und stellte sich an ein Urinal.

Rupert amüsierte sich. Der Mann trug einen Anzug, etwa in der Farbe der Toilettenwand. Kloblau.

»Du bist in Norden? Im *Smutje*? Ja, und das erfahre ich erst jetzt? Natürlich freue ich mich, mein Schatz! Eine Überraschung … wie schön, Eva … Lass uns heute Abend reden … Ich dich auch …«

Rupert verließ noch vor dem Stehpinkler die Toilette. Grinsend setzte er sich und nippte an seinem Latte macchiato mit Hafermilch. Er aß dazu ostfriesischen Käsekuchen. Den Stress, mit zwei Affären gleichzeitig fertigzuwerden, kannte Rupert nur zu gut. Das konnte verdammt anstrengend sein.

Als Hanken von der Toilette kam, küsste er seine Doris, und sie brachen ins *Teemuseum* auf, um die Hochzeitsfeierlichkeiten zu besprechen.

An der Kuchentheke blieb er noch einmal stehen und kaufte ein paar *Deichgrafkugeln* für seine zukünftige Ehefrau. Er reichte ihr die Tüte mit den Worten: »Weil ich jedes Pfund an dir liebe.«

Rupert hatte unauffällig mit seinem Handy ein paar Fotos von den beiden gemacht. Es sah für die anderen Gäste im Café aus, als würde er E-Mails checken oder seine *Facebook*-Seite pflegen. Er schickte die Bilder an Ann Kathrin Klaasen mit den Worten: »Schlechten Menschen geht's ja meistens gut.«

Sie bat ihn, Hanken nicht aus den Augen zu lassen. Um 18 Uhr wollte sie Rupert ablösen.

Er streckte die Beine unter dem Tisch aus, gähnte und bestellte sich noch einen doppelten Espresso und dazu ein Stück Ostfriesentorte. Er wusste ja, wo die zwei Turteltäubchen hinwollten. Was sollte da schon passieren?

Im *Teemuseum* besichtigten Doris Wallbaum und ihr Zukünftiger den Raum, der *Rummel* genannt wurde. Früher hatten dort die ostfriesischen Häuptlinge Recht gesprochen. Heute wurde er gern für Hochzeiten genutzt, denn in einem Kriminalroman, der auch an Originalschauplätzen verfilmt worden war, hatte dort eine Hochzeit stattgefunden. Seitdem war es gar nicht mehr so einfach, noch einen Termin zu bekommen.

Doris verhandelte über einen möglichen Tag und wollte dazu eine Teezeremonie bestellen. Hanken ging schon wieder runter zur Toilette.

Ein Telefon klingelte, und die nette Mitarbeiterin vom *Teemuseum* verschwand kurz, um mit einem Brautpaar deren Hochzeitszeremonie zu besprechen.

Als sie in den *Rummel* zurückkam, war Doris Wallbaum nicht mehr da. Sie kam nach ein paar Minuten die Treppe wieder hoch. Sie schwärmte von dem herrlich gekachelten Kamin, den sie unten gesehen hatte. So einen wollte sie in ihrem Haus auch gerne haben.

Sie wartete nicht auf Alexander Hanken. Sie wollte keine Zeit verlieren. Es musste rasch ein Termin gefunden werden, und Doris Wallbaum behauptete: »Wir nehmen den nächstmöglichen. Mein Mann lässt mir da freie Wahl.«

Dann kreischte eine männliche Stimme so schrecklich, dass beiden Frauen sofort klar wurde: Hier ging es um Leben oder Tod.

Sie stürmten nach unten. Sie erwarteten, einen Verletzten vorzufinden, vielleicht jemanden, der die Steintreppe heruntergestürzt war oder sich sonst wie verletzt hatte.

Alexander Hanken lag mit einer Schlinge um den Hals tot auf dem Boden. Die Toilettentür stand weit offen.

Vor ihm kniete ein junger Mann und telefonierte mit der Polizei: »Er hat versucht, sich aufzuhängen, glaube ich. Das Seil muss wohl gerissen sein. Vielleicht hat er sich das Genick gebrochen.«

Rupert wollte bei *ten Cate* gerade zahlen, als Ann Kathrin ihn anrief. Sie hielt sich nicht mit langen Vorreden auf: »Der Mann, den du beschatten solltest, liegt tot im *Teemuseum*. Sieht nach Selbstmord aus, sagt ein Zeuge.«

Rupert rannte los, ohne zu zahlen. Er vergaß sogar sein Jackett. Er versuchte im Laufen, seine Karten zu verbessern: »Selbstmord? Das glaube ich nicht. Der ist gerade aus dem Knast gekommen. Das süße Leben beginnt …«

Rupert blieb japsend auf dem Marktplatz stehen. Gleichzeitig laufen, reden und dabei denken, das war doch sehr anstrengend für ihn. »Ann, die wollten heiraten! Deshalb bringt man sich doch nicht gleich um. Ich meine, so hässlich ist diese Doris Wallbaum nun auch nicht. Eher im Gegenteil. Ein Prachtweib.«

Ann Kathrin kommentierte das nicht.

Als Rupert durchgeschwitzt ankam, war Ann Kathrin Klaasen schon da. Von der Polizeiinspektion bis zum *Teemuseum* hatte sie zu Fuß eine Minute gebraucht.

Der junge Mann, der den Toten gefunden hatte, hieß Jan Rooge. Er trug eine Anglerweste und saß mit lang ausgestreckten Beinen auf dem Boden, in der Hand eine halb volle Wasserflasche. Die andere Hand steckte tief in seiner Hosentasche, als suche er ein Taschentuch. Er atmete hektisch und flach, als sei er kurz davor zu hyperventilieren.

Ann Kathrin empfing Rupert mit den Worten: »Du hattest recht. Das war kein Selbstmord. Das hat Herr Rooge falsch eingeschätzt. Alexander Hanken wurde mit einer Stahlschlinge erdrosselt.«

Rupert pfiff anerkennend: »Eine Garrotte? Lautlos und effektiv.«

Ann Kathrin guckte ihn tadelnd an. Es klang für Außenstehende, als würde er den Mörder loben.

»Ich weiß auch«, behauptete Rupert, »wer es war.«

Ann Kathrin runzelte die Stirn, und er formulierte vorsichtiger: »Dringend tatverdächtig ist eine Frau, die im Moment im *Smutje* wohnt. Eva … wie war noch gleich ihr Nachname?«

Ann Kathrin wusste es sofort: »Eva Bartong ist hier im *Smutje*?«

»Ja, ich habe gehört, wie er mit ihr telefoniert hat. Ich denke, sie wird wenig erfreut sein, ihn hier mit einer anderen zu sehen. Eifersüchtige Frauen können mörderisch böse werden«, sagte Rupert, und es hörte sich an, als würde er aus Erfahrung sprechen.

Doris Wallbaum wischte sich die Tränen aus dem Gesicht. Ihre Fingernägel hatten plötzlich etwas Klauenartiges. Aus ihr sprachen Verletztheit und Angriffslust. »Die ist hier? Die hat ihn gestalkt! Dieses Weib ist völlig verrückt! Sie hat sich in ihn verknallt … Sie kennt ihn doch gar nicht!«

»Wo«, fragte Ann Kathrin, »waren Sie, während Ihr zukünftiger Mann auf der Toilette war, Frau Wallbaum?«

Doris Wallbaum spottete: »Ja glauben Sie, ich bin mit zur Herrentoilette gegangen? Ich habe mit der jungen Dame«, sie zeigte auf die Mitarbeiterin des *Teemuseums*, »unsere Hochzeit besprochen.«

Die Mitarbeiterin nickte zunächst, schüttelte dann aber den Kopf. »Ganz so war es nicht«, ergänzte sie. »Wir waren oben im *Rummel.* Zwischendurch habe ich einen Anruf bekommen, und als ich zurückkam, kam Frau Wallbaum …«, sie wagte kaum, es auszusprechen und ging einen Schritt zurück, als hätte sie Angst vor einer körperlichen Attacke, »… so leid es mir tut … von unten hoch.«

»Ja, ich habe mir den schönen Kachelofen angeguckt«, empörte Doris Wallbaum sich.

Jan Rooge erhob sich langsam. Er stand in einer Torwarthaltung, beide Hände auf den Knien da und atmete. Er wollte gehen.

Ann Kathrin sah sich die Schlinge am Hals des Heiratsschwindlers an. »Das ist«, kombinierte sie,

»keine professionelle Garrotte mit Handgriffen. Es ist eine Stahlschlinge, wie man sie in Angelgeschäften kaufen kann. Ein Vorfach, um Hechte zu fangen. Wer immer es benutzt hat, muss sich dabei tief in die Hände geschnitten haben.«

Rupert nahm Ann Kathrins Worte sofort auf. Er war mit einem Satz bei Jan Rooge: »Ich darf doch mal …«

Rupert tastete ihn ab und zog zwei Nylonstahlhandschuhe aus Rooges Hosentasche. Er hielt sie hoch und sagte: »So was habe ich früher auch benutzt, beim Fang von Hecht und Zander. Und beim Fische Ausnehmen.«

»Warum«, fragte Ann Kathrin, »haben Sie das getan?«

Der junge Mann wankte. Rupert hielt ihn fest, nicht so sehr, um ihn an der Flucht zu hindern, mehr, weil er sich Sorgen machte, Jan Rooge könnte zusammenbrechen.

»Er hat meine Mutter ausgenommen. Er hat mich um mein Erbe gebracht … Ich hab das nicht geplant, das müssen Sie mir glauben! Ich wollte eigentlich zum Fischen. Ich habe die beiden«, er zeigte auf Frau Wallbaum und dann auf den Toten, »durch die Stadt bummeln sehen. Da ist mir alles hochgekommen. Ich bin einfach durchgedreht, bin ihm zur Toilette gefolgt. Ich dachte, ich müsste kotzen, aber stattdessen habe ich ihn umgelegt. Mein Gott, was soll jetzt werden …«

»Warum?«, fragte Ann Kathrin Klaasen, »sind Sie nicht einfach gegangen? Warum haben Sie laut geschrien und uns angerufen? Sie waren doch hier ungcstört.«

Er sah sie entsetzt an und schluckte. Er brauchte einen Moment, dann sagte er: »Ich war so erschrocken über mich selbst. Ich konnte nicht anders. Es war, als sei ich Zeuge gewesen, und nicht so, als hätte ich es selbst getan.«

VOGELKIEK

ULRIKE BAROW

Ein letzter Blick. Wie jedes Mal. Verbandskasten, Signalgerät, Kompass, Nebelhorn, Kasse und all die anderen Dinge, die er dabeihaben musste, wenn er eine Gruppe ins Watt führte, waren da. Er zog den Reißverschluss zu und legte den Rucksack in die Wippe. Die Grabegabel, die Tasche mit den Handzetteln und den hölzernen Infostand mit seinem Namen darauf hatte er bereits eine Stunde zuvor eingeladen. Er zog seine Wattführerjacke mit dem Ausweis darin an, rief Sandra einen kurzen Gruß zu, den sie nicht erwiderte, klemmte die Wippe hinter das Rad und fuhr los. Der Parkplatz hinterm Deich war gut gefüllt. Hunderte Autodächer glänzten in der Sonne. Gleich dahinter, dort, wo das Wasser auf der Wiese stand, sah er Kiebitze, eine Vogelart, die in den letzten Jahren immer häufiger auftauchte. Er beschleunigte seine Fahrt, überholte ein paar Menschen, die zu Fuß unterwegs zum Hafen waren, und hob wütend die Faust, als ein roter SUV ihn beinahe gerammt hätte. Selbst

Urlauber haben keine Zeit, dachte er wütend, wohl wissend, dass das Problem eigentlich daran lag, dass die Straße zu schmal war für alle, die es zum Hafen zog. Touristen, die nach Baltrum übersetzen wollten, Wattwanderer und Neßmersieler Feriengäste, die den Strand nutzten, da kam schon einiges zusammen. Er stellte sein Rad ab, klinkte die Wippe aus und brachte seine Sachen zum Stellplatz. Seine Kollegen hatten bereits ihre Gruppen um sich versammelt. Rasch baute er seinen Infostand auf, und sogleich standen die ersten Gäste vor ihm.

»Wattführer Günther?«

»Der bin ich.«

»Wir haben uns bei Ihnen angemeldet. Bredenbeck. Drei Personen.«

Er schaute in seine Liste. Korrekt. »Wir starten in einer halben Stunde. Genau von hier. Bitte seien Sie pünktlich.«

Nach und nach kamen immer mehr Gäste. Wer seine Seite aufmerksam gelesen hatte, wusste, dass wegen der scharfen Austernschalen festes Schuhwerk sinnvoll war, ebenso wie die Mitnahme einer Regenjacke, doch die Fragen nahmen kaum ein Ende. Er schaute auf die Uhr. Es war so weit, sie mussten los. Nicht, dass ihnen auflaufendes Wasser einen Strich durch die Rechnung machte. Seine Kollegen, die zur Insel Baltrum hinüberliefen, waren bereits unterwegs. Er hatte für heute eine Rundwanderung geplant und würde in zwei Stunden wieder den Hafen erreichen.

»Darf ich auch mit?«

Gerade wollte er erneut seine Liste aus der Tasche holen, als er stockte. Was? Wer? Das war nicht …?

»Hallo, Günther, du bist es wirklich. Wir sehen uns später!« Der Mann drehte sich um und verschwand.

Günther stockte der Atem. Das konnte nicht sein. Nicht Paul. Bitte nicht Paul. Es war doch Paul, oder nicht? Plötzlich war er sich nicht mehr sicher. Hatte er sich den Mann nur eingebildet? War es wie in diesem Traum, der ihn zwar in letzter Zeit seltener, aber doch regelmäßig einholte?

»Sollen wir schon einmal vorgehen?«, fragte ein kleiner kräftiger Mann aus seiner Gruppe.

»Nein. Alles hört auf mein Kommando.« Günther versuchte zu lächeln, wie immer, wenn er diesen Satz losließ. Es gelang ihm nicht. Er setzte den Rucksack auf, nahm die Grabegabel und übernahm die Führung. Zumindest versuchte er es, doch sein sonst recht energischer Schritt wollte sich nicht einstellen. Seine Knie zitterten einfach zu sehr.

*

»Ich lege mich ab.«

Sandra blickte ungläubig ihrem Mann hinterher, der mit schweren Schritten ins Schlafzimmer schlurfte. Was war mit Günther los? So ermüdend konnte die Wattwanderung nicht gewesen sein. Zumindest nicht, wenn sie die letzten zwei Jahre Revue passieren ließ. Bisher war Günther immer fröhlich lächelnd zurückgekommen. Hatte von der wunderbaren Natur erzählt, hatte lachend berichtet, wie eine junge Frau im Schlick steckengeblieben und von drei herzhaft zupackenden Männern befreit worden war. Selbst eine Wanderung bei Regen und Sturm konnte seine Laune nicht trüben. Und nun das? Er hatte auf ihre Fragen kaum geantwortet und war verschwunden.

Sie steckte den Haustürschlüssel und das Handy ein und ging zu ihrer Lieblingsbank auf der Drachenwiese. Ein paar Kinder ließen ihre bunten Figuren gen Himmel steigen. Ihr Blick glitt über das Siel. Enten schaukelten in den kurzen Wellen. Sie saß gerne hier. Heute jedoch ließ sie der Gedanke an ihren Mann unruhig werden. Was war geschehen? Früher, als sie in dem kleinen Dorf im Westfälischen gewohnt hatten, hatte er sich häufig missmutig gezeigt. Dann, kurz nachdem er in Rente gegangen war, drängte er darauf, in den Ort zu ziehen, in dem sie bereits einige Male ihren Urlaub verbracht hatten. Sie hatte eingewilligt, wohl wissend, dass sie sich sehr anstrengen musste, die Tage mit Leben zu füllen. Urlaub hinterm Deich, okay, aber dort wohnen? Inzwischen jedoch genoss sie die Zeit, machte Paddeltouren und hatte das *Teemuseum* in Norden, das *Waloseum* und viele andere Sehenswürdigkeiten in Ostfriesland kennengelernt. Außerdem interessierte sie sich sehr für die Geschichte des Ortes. Besonders die Siele, nach denen Neßmersiel wohl seinen Namen hatte, hatten es ihr angetan. Durch sie wurde überschüssiges Regenwasser in die Nordsee geleitet. »Nesser Zill« wurde der Ort Ende des 16. Jahrhundert genannt.

Günther hatte nach intensivem Lernen die Wattführerprüfung bestanden und führte nun häufig Gäste in die Landschaft zwischen dem Festland und Baltrum. Hoffentlich hatte er sich inzwischen beruhigt. Immerhin wollten sie abends mit ihren Nachbarn im *Fährhaus* essen gehen. Ob ihr Mann, wie verabredet, einen Tisch in dem Restaurant bestellt hatte? Das *Fährhaus* war sehr beliebt bei Gästen und Einwohnern, daher war es im Sommer sinnvoll, sich einen Platz zu reservieren.

*

Es hatte einfach keinen Zweck. Das Herumliegen brachte keine Ruhe. Im Gegenteil. Es machte ihn nur nervöser. Er musste raus. Energisch schwang er die Beine aus dem Bett, reckte sich ein paarmal, fuhr sich mit den Fingern durch die Haare und ging zur Haustür. Sein Rucksack stand noch draußen in der Wippe, ebenso der Infostand und die Grabegabel, mit der er bei seinen Wanderungen Wattwürmer ausgrub, um sie den Gästen zu zeigen. Er öffnete den Wasserhahn. Der Schlick musste runter, bevor er die Gabel in die Garage stellte.

»Alles klar mit heute Abend?« Enno Alsmann, sein Nachbar, winkte über den Zaun.

Günther nickte. »Natürlich.«

»Wir treffen uns um 19 Uhr dort. Okay?«

Wieder nickte Günther. »Bis dann.« Er atmete tief durch. Das hatte ihm gerade noch gefehlt. Erstens hatte er vergessen, den Tisch zu bestellen, und zweitens war ihm heute absolut nicht nach gemütlicher Plauderei mit den Alsmanns. Sonst auch nicht so besonders, aber ihm war bewusst, dass ein gutes nachbarschaftliches Verhältnis wichtig war. Enno und Gabi gossen die Blumen, wenn Sandra und er ein paar Tage wegfuhren, und hatten auch sonst ein Auge auf das Haus. Genauso lief es, wenn Alsmanns eine Auszeit nahmen. Dann bekam Sandra den Schlüssel für deren Haus.

Günther brachte den Rucksack in den Flur und ging los. Es nützte ja nichts. Sandra konnte er nicht schicken. Sie saß bestimmt wieder auf ihrer Lieblingsbank. Er war so froh gewesen, dass sie sich mit der Zeit in ihrer neuen Heimat eingelebt hatte. Er bog in die Dorfstraße ab, folgte dem schmalen Fußweg, gedankenverloren, bis er beinahe mit einer Frau zusammenstieß, die einen Kinderwagen vor sich herschob. Schnell entschuldigte er sich. Ob das *Fährhaus* offen hatte? Er schaute auf die Uhr. Ja, es passte. Er überquerte die Straße und blieb wie angewurzelt stehen, als ihm aus einem der Strandkörbe, die vor dem Restaurant aufgestellt waren, eine altbekannte Stimme entgegenschallte.

»Hallo, Günther, was für eine Überraschung. Schön, dass wir uns hier treffen. Ich wollte dich schon besuchen.«

»Ich … ich habe keine Zeit.« Er rannte fast ins Lokal. Die Bedienung schaute ihn erstaunt an, als er mit zitternder Stimme nach einem freien Tisch fragte.

»N… nicht jetzt. Aber heute Abend«, brachte er mit knapper Not hervor.

»Gerne. Ein Tisch für vier Personen hier am Fenster ist frei. Soll ich ihn reservieren?«, fragte die Bedienung. »Wir haben Steaks vom Jungbullen und natürlich Deichlammschulter auf der Karte.«

»Bitte. Wir kommen so um, äh, 19 Uhr.«

»Ist notiert. Kann ich Ihnen helfen? Ist etwas passiert? Sie zittern ja«, fragte die Dame mit den freundlichen Grübchen.

»Nn… nein. Alles in Ordnung. Bis heute Abend.« Beinahe wären ihm die Tränen gekommen. Mitleid, Fürsorge, das konnte er jetzt am wenigsten gebrauchen. Er musste raus. Egal, ob Paul auf ihn wartete.

Fluchtartig verließ er das Restaurant. Er traute sich kaum, in den Strandkorb zu blicken. Da saß er. Also dann. »Was willst du?«

Als er Paul lachen hörte, war ihm klar, wie unsinnig die Frage war. »Das weißt du!«

Ja, das wusste er. Aber er hatte verdammt noch mal keinen Bock, darüber zu reden. Gleichzeitig wusste er, dass er aus der Nummer nicht so leicht rauskam.

Paul öffnete seine Tasche und nahm einen blauen Ordner heraus, der Günther sehr bekannt vorkam. Besonders der Aufkleber auf der Vorderseite. *Schützenverein Dollhausen e. V.* Er war es gewesen, der ihn gestaltet hatte. Damals, als er Kassenwart des Vereins gewesen war.

»Du glaubst jetzt nicht, dass ich zufällig Geld bei mir habe?«, stieß Günther hervor. Im selben Moment wurde ihm bewusst, dass dieser Satz einem Schuldeingeständnis gleichkam.

»Nein, vielleicht nicht jetzt. Aber morgen. Dann ganz bestimmt«, erwiderte Paul. »Wie war noch deine Adresse hier? Drosselstraße ...?«

»Schon gut. Schon gut. Wie hast du mich gefunden?« Diese Frage konnte Günther sich nicht verkneifen.

»Tja. Reiner Zufall. Mein Schützenverein, der auch mal deiner war, will demnächst eine Tagesfahrt zur Küste machen. Ich habe mich über Ziele informiert und bin auf deine Seite gestoßen. Wattführer Günther. Mit Bild.« Paul lachte. »Sollte man vermeiden, wenn man auf der Flucht ist.«

»Günther? Hast du den Tisch bestellt?«

Er schaute sich um. Von der anderen Straßenseite, bei *Aggis Café*, winkte ihm Sandra zu.

»Morgen um 11 Uhr auf dem Vogelbeobachtungsturm«, zischte er Paul zu.

»Ich bin da. Mach keinen Blödsinn. Und denk an das Geld!«

»Was ist nun?«, fragte Sandra, kaum, dass er die Straßenseite gewechselt hatte.

»Ja, alles klar mit dem Tisch!«, keuchte er. Seine Frau hatte wieder ihr zügigstes Tempo drauf, sodass er kaum Schritt halten konnte. Wie gut, dass er bei seinen Wattwanderungen selbst die Laufgeschwindigkeit vorgeben konnte.

»Wer war der Mann, mit dem du dich unterhalten hast?«, fragte sie. »Ich konnte ihn nicht erkennen.«

»Ach, ein Gast, der mal mit mir im Watt war. Du weißt – ständig wird man angesprochen.«

Sandra lachte. »Damit kannst du leben, oder? Ist doch nett, wenn die Leute dich freundlich begrüßen.«

Sicher, das war total nett. Aber nicht in diesem Fall. Paul war kein Gast, sondern ein Albtraum. Was sollte er nur machen? Er hatte nicht so viel Geld, und wenn er versuchte, einen Kredit aufzunehmen, würde sich Sandra wundern und keine Ruhe geben, bis sie die Wahrheit erfuhr.

*

Glück im Unglück – so konnte man es wohl nennen. Sandra hatte sich am Abend zuvor während des Essens mit Gabi zu einer Fahrt nach Oldenburg verabredet. Sie würden den ganzen Tag unterwegs sein. Es sei denn, das Wetter schickte die beiden Frauen früher nach Hause. Es hatte angefangen zu regnen. Was ihm wunderbar in den Kram passte. Er nahm 300 Euro aus der Wattführerkasse, setzte sich auf das Rad und strampelte gegen einen frischen Ostwind die Strandstraße hinunter zum Vogelkiek. Auf dem Weg dorthin stellte er sich wiederholt die Frage, warum er ausgerechnet den Turm als Treffpunkt genannt hatte. Im Ort wäre es sicher gemütlicher gewesen. Er sah kaum einen Menschen. Die Fähre hatte bereits abgelegt, für eine Wattwanderung passte die Tide noch nicht, und Urlauber hatten sich für diesen Regentag sicher andere Ziele vorgenommen.

Aufatmend stellte er sein Rad an den Zaun. Tatsächlich war es bis auf das Geschnatter einiger Graugänse sehr ruhig. Er stieg die Treppe hoch zur Aussichtsplattform.

Paul wartete bereits. »Hast du die Tasche mit dem Geld vergessen?«, fragte er.

Günther zog einen Umschlag aus der Hosentasche. »Ich habe hier 300 Euro. Das ist wenig, ich weiß. Aber wenn ich dir verspreche, jeden Monat die gleiche Summe zu überweisen, das wäre dann in Ordnung, oder?«

Kaum hatte er den Satz zu Ende gesprochen, wusste er, dass der Vorschlag nicht gut ankam.

»Das glaubst du doch selber nicht«, schrie Paul. »Wie lange muss ich dann auf das ganze Geld warten? Rechne nach – 10.000 Euro geteilt durch 300. Na? Was kommt dabei raus? Sag es!«

»Paul, ich habe nicht so viel Geld. Das ist alles damals bereits draufgegangen. Ich habe …«

»Gespielt. Ich weiß. Du hast das gesamte Geld aus der Vereinskasse verspielt. Was hast du für ein Glück gehabt damals, dass bei der Kassenprüfung nichts aufgefallen ist. Denen hast du falsche Papiere vorgelegt. Das konntest du.« Paul war mit jedem Satz nähergekommen.

Günther spürte bereits seinen Atem, doch er gab nicht auf. Versuchte erneut, den Mann, der so wütend seine Faust hob, zu beruhigen. »Paul, ich will bezahlen, aber Sandra darf nichts merken. Sie würde es mir nie verzeihen.«

»Jetzt sage ich dir was. Ich bin der Einzige aus dem Verein, der weiß, was Sache ist. Ich habe, als ich deine Nachfolge angetreten habe, das von dir geklaute Geld in die Kasse gelegt, damit nichts auffiel. Und weißt du warum? Ja, das weißt du, oder?«

Günther überlegte. Natürlich. Wegen Julia. Sie war eine der Kassenprüferinnen gewesen und nebenbei Pauls Frau.

»Ich glaube dir kein Wort, wenn du versprichst, mir das Geld in Raten zu beschaffen. Nein, ich verlasse Neßmersiel nicht, bevor du mir den ganzen Betrag auf den Tisch gelegt hast. Julia hätte es auch so gewollt.«

»Was meinst mit – hätte?« Er hatte die Frau noch gut in Erinnerung. Sie hatten viele Partys gemeinsam gefeiert.

»Sie ist tot. Sie hat sich den Rest ihres Lebens nicht verziehen, dass ihr dein Betrug nicht aufgefallen ist.«

»Das mit Julia tut mir leid. Ehrlich. Aber ich habe das Geld nicht, verdammt noch mal.« Günther schluckte. Die Situation schien ausweglos.

Paul zögerte einen Moment, dann griff er in seine Umhängetasche, nahm den blauen Ordner, den Günther so gut kannte, und zog ein Blatt Papier heraus. »Da. Mein letztes Angebot. Unterschreib das. Dein Schuldanerkenntnis. Wenn du das tust und ab sofort die nächsten zehn Monate jeweils 1.000 Euro überweist, dann ist alles okay. Solltest du dich weigern, geht dieses Schreiben direkt zur Polizei.« Diesmal klang seine Stimme ganz ruhig.

Auch Günther schwieg. Nur der schrille Ruf einiger Silbermöwen war zu hören. Was sollte er tun? Diese Summe konnte er nicht zahlen, obwohl ihm das Wattwandern einiges eingebracht hatte. Es gab nur eine Möglichkeit. Er schaute sich um. Der Regen hatte zugenommen und verhüllte die Salzwiesen, das Wattenmeer und den Hafen mit einem grauen Schleier. Günther machte einen schnellen Schritt auf Paul zu. Umfasste seinen Kopf und schlug ihn mit aller Macht gegen das Fernglas, das dort, fest installiert, den Besuchern die Vogelwelt näherbringen sollte. Einmal, zweimal. Noch einmal. Paul brach zusammen, der blaue Ordner rutschte über den Boden.

*

»Hast du schon gehört?« Sandra nahm einen Schluck Kaffee, dann griff sie zum Brötchen.

»Was denn?« Günther gähnte. Die Nacht war ein wenig unruhig gewesen. Es hatte ein paar Stunden gedauert, bis er endlich eingeschlafen war.

»Ein Toter wurde beim Spülsiel gefunden. Man geht davon aus, dass er gestern auf den nassen Steinen hinter dem Vogelkiek ausgerutscht, mit dem Kopf aufgeschlagen und ins Wasser gefallen ist. Die Polizei ermittelt jedoch und untersucht die Unglücksstelle. Gabi hat mir das eben erzählt.«

»Dass Touristen einfach nicht aufpassen können. Die müssen doch wissen, dass es dort gefährlich sein kann.« Er schluckte den letzten Bissen Vollkornbrot herunter und stand auf. »Es wird Zeit. Die Gäste warten.« Im Flur nahm er die Wattführerjacke vom Haken. Beim Überziehen bemerkte er einige dunkle Flecken. Woher? Verdammt, ja, er hatte sie getragen, als er sich mit Paul getroffen hatte. Er hängte sie zurück und leerte die Taschen. Ein Paket Taschentücher, seine Fahrradschlüssel, selbst das Geld, das er vergessen hatte, in die Kasse zurückzulegen, alles war da, nur nicht sein Wattführerausweis. Und es gab nur einen Ort …

FÜRCHTET EUCH NICHT!

GÜNTHER THÖMMES

»Fürchtehet euheuch nicht … Dornuhum ihin Sicht …«

Jeden Sonntag sang mein Bruder Fiete diese Zeilen, diese Verballhornung des Weihnachtsliedes »Kommet ihr Hirten«, und nun sang ich auch mit, wenn wir, von Oldenburg kommend, Westerstede, Filsum und Aurich bereits hinter uns gelassen hatten und nun im Zickzackkurs über die von Traktoren stets matschigen Straßen den letzten mickrigen Hügel vor unserem Ziel passierten. Da vorne lag sie in der Abenddämmerung: Fietes zweite Heimat. Und meine zukünftige neue.

Mein Vater steuerte unseren schönen Volvo, meist war meine Mutter mit dabei, mein Bruder Fiete und ich saßen hinten. Ohne Gurt. Andere Zeiten. Es war das Jahr, in dem Bernd Clüver vom Jungen mit der Mundharmonika sang, und im Fernsehen lief die *Rudi-Carell-Show*.

Die erste Ölkrise war im Anmarsch. Nicht, dass sie auf norddeutsche Fahrgewohnheiten großen Einfluss gehabt hätte. Niemand wechselte wegen eines höheren Benzinpreises vom Auto zum Bus. Man fuhr vielleicht etwas weniger. Aber hier auf dem Land ging ohne Auto nichts. Erst recht nicht, wenn man wöchentlich seine Kinder zum Internat und zurück fahren musste.

Meist saß Vater bei der einstündigen Fahrt auf dem Hinweg am Steuer, und Mutter fuhr zurück. Denn das *Jever*-Bier im Gasthof am kleinen Markt war offenbar besser als anderswo und ein wichtiger Grund, warum mein Vater immer darauf bestand, uns nach Dornum zu fahren. Ansonsten überließ er die Erziehungsangelegenheiten – und die Fahrt zur Schule war in seinen Augen eine solche – immer nur allzu gern meiner Mutter.

Ich hatte gerade meine Volksschulzeit in Oldenburg beendet und folgte nun meinem zwei Jahre älteren Bruder auf die Dornumer *Friesenpenne*. Ich freute mich auf meine neue Freiheit, war Fiete doch sehr zufrieden dort.

Wie ich mich täuschen sollte.

Wie sehr sich »Fürchtet euch nicht …« in eine bittere, ironische Pointe verwandeln sollte.

Schule und Jungeninternat, allgemein nur *Friesenpenne* genannt, gehörte und wurde geleitet von einem katholischen Orden. Als Insel in der protestantischen Diaspora. Gegründet worden war sie zu Beginn des Jahrhunderts auf einem nicht mehr genutzten Gutshof von »Abtrünnigen« der lokalen evangelisch-lutherischen Kirche, die sich irgendwie, aber dann doch nicht so voll und ganz, den anthroposophischen Idealen Rudolf Steiners verpflichtet gefühlt hatten. Diese Ambivalenz zwischen Steiner, dem Christentum und moderner Reformpädagogik hatte einerseits dazu geführt, dass dort, im Gegensatz zu sonstigen Bildungseinrichtungen in wilhelminischer Zeit, nicht mehr körperlich gezüchtigt wurde, was die *Friesenpenne* andererseits aber leicht angreifbar gemacht hatte, da sie auf finanzielle Unterstützung von außen angewiesen war.

Und genau da hatten die Nazis angesetzt, gleich nach der Machtergreifung allen Sponsoren der Schule Repressalien angedroht und die Schule im nächsten Schritt ihren Organisationen einverleibt. Von Lage und Größe her bestens geeignet, sollte dort eine arische Kaderschmiede entstehen. Nach zwölf unseligen Jahren war davon nichts mehr übrig geblieben. Die Dächer der Gebäude hatten sich ebenso in Rauch und Feuer aufgelöst wie die perversen Ideen Hitlers.

Der Neuanfang war schnell gegangen. Der Orden (den Namen verschweige ich hier besser) hatte sich als Erstes angeboten und rasch den Zuschlag erhalten. Die ersten Schüler hatten dann, so wurde kolportiert, neben dem Schulpensum auch hart beim Wiederaufbau der Schulgebäude, der Kapelle und der zugehörigen Landwirtschaft – zum Unterhalt des Internats –, mit anpacken müssen.

Durch den akuten Männer- und somit auch Lehrermangel nach dem Krieg hatte der Orden in den ersten Nachkriegsjahren für seine Zwecke auch Herren von, naja, dubiosem Charakter und zweifelhafter Qualifikation rekrutiert. Trotz ihrer Zugehörigkeit zu Orden und Klerus. Die auch nicht aussortiert oder in die Frühpension geschickt worden waren, als besseres Personal verfügbar gewesen wäre.

Da gab es zum Beispiel Emil F., einen kleinen, fiesen Choleriker, der an der Tafel nur altdeutsche, unleserliche Kurrentschrift schrieb. Wenn sich wer beschwerte, gab es eine Ohrfeige mit dem Hinweis: »Dann pass halt auf.« Er hasste alles Moderne, und wenn er jemanden mit einer *BRAVO* unter dem Tisch erwischte, ergriff ihn ein heiliger Zorn. »Diese Dreigroschen-Schmuddeldinger!«, schrie er, packte das Heft und bisweilen auch den Delinquenten, riss die Seiten in Fetzen und seinen Schutzbefohlenen in seiner Rage an den Haaren aus der Bank heraus, wobei gelegentlich ein Büschel Haare in seinen Händen verblieb.

Oder Peter K., der im Krieg gleich bei mehreren Fronteinsätzen dabei gewesen war und von dort, laut Schullegende, die er niemals dementierte, mit einem Granatsplitter im Kopf zurückgekehrt war. Welcher sich in der Sommerhitze angeblich ausdehnte und den ansonsten freundlichen Menschen in eine unberechenbare Furie verwandelte. Dann sprang er wie Rumpelstilzchen durch die Klasse, trat gegen Tische, schlug mit der Hand ins nächstbeste Gesicht oder mit einem Rohrstock auf nackte Arme. Manchmal ersetzte eine ausziehbare Antenne den Stock, was schmerzhafte Striemen verursachte. Dann, plötzlich, von einem Moment auf den anderen, war alles wieder gut, und er rezitierte das Vaterunser in zehn verschiedenen Sprachen.

Das waren die Lehrer, mit denen ich es zu tun bekam.

Im Unterricht.

Den wahren Schrecken jedoch verbreitete unser Klassenvorstand Theo E., der zwar auch unterrichtete, aber im Internat vor allem für unsere Klasse zuständig war. Rund um die Uhr. Er war jünger, etwas beleibt und noch nicht so erfahren im Verabreichen seelischer und körperlicher Grausamkeiten.

Aber wir hatten ja ein paar Jahre Zeit. Und er lernte schnell.

Bald hatte Theo E. ein paar Jungs zu seinen Favoriten erklärt. Und einige, die die nächsten Jahre unter ihm leiden sollten. Ich gehörte zu Letzteren. Wobei ich nicht weiß, was für mich schlimmer gewesen wäre: Mit diesem schmierigen Kerl Hand in Hand über den Schulhof zu spazieren, von ihm Leckereien zugesteckt zu bekommen, die er anderen Schülern, mir zum Beispiel, unter banalen Vorwänden abgenommen hatte, und beim gemeinsamen Schwimmen mit ihm neckisch Fangen zu spielen.

Oder halt Strafe über Strafe einzusammeln.

Deren Systematik wurde immer ausgefeilter, je länger sein Regiment dauerte. Das Teuflische daran war, dass es keine echten Regeln gab, mit deren Befolgung man vor ihm sicher gewesen wäre. Das offizielle Regelwerk, die Hausordnung, drei mit der Schreibmaschine getippte DIN A4-Seiten, kannte ich bald auswendig. Damit begann der Strafenkatalog. Nach drei Monaten lachten wir darüber und schrieben den Kram aus dem Kopf in 20 Minuten herunter. Theo E.s Regeln richteten sich jedoch nicht nach der Hausordnung, sondern nach seiner Laune – und wer den angeblichen Verstoß begangen hatte.

Bei mir war es das Essen. Es dauerte nur ein paar Wochen, da hatte er erkannt, dass ich heikel war mit manchen Speisen, die dort auf den Tisch kamen. Ich meine, welches Kind mochte schon gerne zerkochte Karotten, grüne Bohnen oder matschigen Gurkensalat? Zeugs aus den eigenen Gärten, das in der *Friesenpenne* oft und gerne serviert wurde. Ich wurde nun dazu auserkoren, als statuiertes Exempel für unsere Klasse herzuhalten. Es gab dabei verschiedene Eskalationsstufen, je nach Störrigkeit meinerseits oder der Laune des Klassenvorstands. Einfache Strafarbeit: einmal die Hausordnung abschreiben.

Schwere Strafarbeit: einmal *Sankt Nikolaus in Not* abschreiben, die längste Geschichte in unserem Lesebuch.

Einfache Zeitstrafe: sitzen bleiben, bis der Teller leer ist. Allein, während die anderen Fußball spielen durften.

Schwere, weil kollektive Zeitstrafe: Alle bleiben

sitzen, niemand spielt Fußball, oder wir fahren nicht mit dem Traktor zum Strand nach Dornumersiel, bis *mein* Teller leer ist. Oft habe ich dann, aus Angst vor der zu erwartenden Klassenkeile, den Teller leer gegessen, zum Teil in den Backen gehamstert, bin schnell aufgestanden und habe draußen alles wieder ausgekotzt. Aber wir durften immerhin Fußball spielen oder im Meer baden.

Schließlich noch körperliche Züchtigungen: Ohrfeigen, Schläge, Tritte. Meist unter vier Augen, manchmal vor der Klasse.

Das Perfideste an alldem war, dass Theo E. uns, also seine auserwählten Opfer, in Einzelgänger verwandelte. In Außenseiter.

In misstrauische, scheue Wesen, die voller Furcht aufwuchsen.

Voller Furcht vor ihren Klassenkameraden.

Voller Furcht vor ihren Lehrern und Erziehern.

Voller Furcht vor der Religion und vor Gott.

Voller Furcht vor dem Leben.

Jeder von uns fühlte sich sehr allein in der *Friesenpenne*.

Die anthroposophischen Ideale der Gründerväter waren da längst vergessen. Ich war beileibe nicht allein damit, bei den körperlichen Züchtigungen kam ich im Grunde einigermaßen gnädig davon. Vielleicht hatte Theo E. Angst vor dem Einfluss meines Vaters, sollte der meinen Erzählungen jemals Glauben schenken.

Als besondere Perfidie zog er Nutzen aus der Tatsache, dass er auch unser Beichtvater war. Sodass wir sogar für Dinge bestraft wurden, die wir ihm in unserer kindlichen Naivität gebeichtet hatten. Verglichen mit dem, was er uns antat, fühlten sich die anderen Sachen, die hier passierten, wie Kinderkram an.

Wenn beispielsweise Egon P., ein leicht debiler, gemütlicher Herr der älteren Garde, uns am Abend beim Duschen heimsuchte, ohne Vorwarnung die Vorhänge aufriss und unschuldig fragte, ob das Wasser denn schön warm sei und auch gut abliefe, er hätte ansonsten einen Pümpel parat, dann kann ich mich gar nicht mehr erinnern, ob er sich an den nassen, jungen Knabenkörpern erfreute. In jedem Fall war auch dies ein Verhalten, das ich ihm heute nicht mehr durchgehen lassen würde.

Womit wir wieder bei Theo E. wären. Nach vier Jahren war es genug der Tortur. Ich hatte meine Eltern endlich überzeugt, dass es mir dort nicht gut ging. Die Autorität des katholischen Klerus hatte meinen Beschwerden lange Zeit standgehalten. Niemand hatte uns ernst genommen, und an die Polizei hätten unsere katholischen Eltern nicht einmal einen Gedanken verschwendet. Das kam auch daher, weil Fiete in seiner Klasse problemlos durchkam.

Bis zu dem Tag, als Theo E. einmal richtig übers Ziel hinausgeschossen war. Aus nichtigem Anlass hatte er einen Jungen vor der Klasse derart verprügelt, dass dieser sofort weinend seine Eltern angerufen hatte. Ich habe ihn nie wiedergesehen. Danach jedoch war der Nimbus der Unantastbarkeit Theo E.s. dahin gewesen. Genau wie mein Glaube an Autoritäten, die Kirche oder irgendeine religiöse frohe Botschaft.

Es dauerte über 25 Jahre, bis ich mich ernsthaft mit Rachegedanken befasste. All die Zeit hatte ich mein Dornum-Trauma verdrängt, und währenddessen – Ironie der Geschichte – in einer Firma mit fast identischem Namen Karriere und viel Geld gemacht. Nur ab und zu wurde ich unsanft erinnert. Wenn zum Beispiel in der Zeitung ein Missbrauchsskandal auftauchte. Auch in der *Friesenpenne* hatte in den 60er-Jahren, also ein paar Jahre vor meiner Zeit dort, ein pädophiler Pater sein Unwesen getrieben, der sich durch Selbstmord der Strafverfolgung entzogen hatte. Ich verglich im Geiste unseren persönlichen Missbrauch, diese gemeinen, hinterhältigen, alltäglichen Demütigungen, die unsere unschuldigen Kinderseelen zu ertragen hatten, mit dem sexuellen Missbrauch einige Jahre zuvor, bei dem die Grenze zur Straftat definitiv überschritten worden war, wohingegen meine Peiniger, die Herren F., K. und E. sich meist in der Grauzone der damals immer noch tolerierten Prügelpädagogik bewegt hatten.

Irgendwann reichte es mir dann doch. Das konnte, das durfte nicht sein, dass diese Menschen, die mir vier lange Jahre diesen kostbaren Teil meiner Kindheit in der im Grunde schönen Wahlheimat Dornum derart verleidet hatten, ungestraft davonkommen sollten!

Ich begann, indem ich versuchte, die aktuelle

Lebenssituation der drei in Erfahrung zu bringen. Mit ernüchternden Ergebnissen. Emil F., Peter K. und Egon P. waren bereits tot. Alle drei hatten ein paar Jahre Ruhestand in einem Senioren-Ordensheim verbringen können, bevor sie ein gnädiges Ende ereilt hatte. Ihre Untaten sollten ungesühnt bleiben.

De mortuis nihil nisi bene.

Auch in Dornum.

Auch auf der *Friesenpenne*.

Blieb noch Theo E., der ja, wie bereits erwähnt, um einige Jahre jünger war. Es dauerte zwar länger als erhofft, aber schließlich kam mir dann eine Erfindung namens Internet zu Hilfe. *Lycos* hieß die beste Suchmaschine in der Kindheit des *WorldWideWeb*. Und dort fand ich den Hinweis, dass Pater E. in Ostfriesland geblieben und nach Emden versetzt worden war. Dort war er lange Jahre in der Jugendarbeit tätig gewesen. Wenngleich er mittlerweile pensioniert war, wurde mir richtig schlecht bei dem Gedanken, was er dort noch alles angestellt haben mochte. Denn: einmal ein Schwein, immer ein Schwein.

Die Vorstellung, meine Rache tatsächlich auszuführen, verursachte in mir eine Mischung aus Furcht, Erregung und immer noch tiefster Abneigung. Die Adresse herauszufinden, war ein Kinderspiel. Pater E. lebte allein. Das alte, leicht heruntergekommene und windschiefe Haus in Hinte war, wie erhofft, alleinstehend, dazu mit einem mittelgroßen Garten.

Angegammeltes Reet auf dem Dach. Schwer einsehbar. Von Weitem konnte man den Suurhuser Kirchturm, den schiefsten Turm der Welt, erblicken. Es herrschte wenig bis überhaupt kein Verkehr auf der Straße. Die nächste Bushaltestelle war zwei Kilometer entfernt, das war leicht herauszufinden. Also würde wohl keine überraschende Laufkundschaft meine Mission gefährden.

An solch einem friesischen Herbstnachmittag kommt die Dämmerung schnell. Ich parkte meinen unauffälligen Mietwagen in einem Feldweg und lief im Halbdunklen die 300 Meter zurück. Kein Mensch war weit und breit zu sehen. Licht brannte bereits, er schien daheim zu sein. Die Garage stand offen, und ich fragte mich beim Durchgehen, warum er drei Fahrräder brauchte. Auf dem Land hatte anscheinend niemand Angst vor Einbrechern. Sogar die Tür von der Garage zur Wohnung war nicht abgeschlossen. Vorsichtig tastete ich mich durch den halbdunklen Gang. Plötzlich spürte ich etwas an meinen Beinen. Eine Katze. Ich blieb wie erstarrt stehen. Ich glaubte ein Atmen zu hören.

Stand der Alte hinter mir? Ich wagte nicht, mich umzudrehen. Ungute Erinnerungen kamen hoch: wie er schon damals unvermittelt hinter uns Schülern gestanden hatte. Meine behandschuhten Finger packten den Totschläger etwas fester. Ich drehte mich langsam um. Mein Herz blieb fast stehen. Aber nein, nur eine exotische Maske hing an der Wand.

Durch die teils geöffnete Tür vom Wohnzimmer fiel Licht auf den abgeschabten Läufer. Vorsichtig schob ich die Tür ganz auf. Das Wohnzimmer war leer. Irritiert schaute ich in der Küche nach und wo die Toilette sein könnte. Alles dunkel. Langsam und leise stieg ich die unbeleuchtete Treppe hoch. Keine Stufe knarzte und verriet mich. Die Tür zum Bad stand offen. Ebenfalls dunkel. Vorsichtig öffnete ich eine zweite Tür. Eine zweite Katze kam fauchend herausgestürmt. Meine Hände zitterten. Wie damals spürte ich die Angst, wenn er beim Essen neben mir stand. Ich schaute hinein. Offenbar das Gästezimmer. Ohne Licht. Unbenutzt. Ein Zimmer blieb noch übrig. Jetzt bemerkte ich einen diffusen Lichtschein unter dessen Türritze. Ich beschloss, das Überraschungsmoment für mich zu nutzen, riss die Tür auf und stürmte hinein.

Einsatzbereit. Schlagbereit. Bereit zu töten.

Niemand war da.

Das Schlafzimmer war erstaunlich unaufgeräumt, das Bett nicht gemacht, aber kein Mensch zu sehen. Und doch war das Haus sichtlich bewohnt. Was war hier los? Enttäuscht besah ich die wenigen Fotos an der Wand über dem Bett. Das Übliche, was zu erwarten gewesen war: Bilder mit Theo E. und anderen seines Ordens. Meist in der Stammeskutte. Schwarzer Anzug, weißes Hemd. Kragen offen, vor allem auf den Bildern jüngeren Datums. Dazu ein paar Schnappschüsse mit einigen seiner Lieblinge.

Arm in Arm.

Hand in Hand.

Alte Gewohnheiten bleiben erhalten.

Ich hätte kotzen können.

Aber eines freute mich trotzdem: Die Zeit war nicht gnädig mit ihm umgegangen. Kaum Haare waren ihm verblieben, und im Alter war er richtig fett geworden. Aufgedunsen.

Plötzlich hörte ich draußen Motorengeräusch. Ein Wagen näherte sich dem Haus. Ich schaute vorsichtig durch einen Spalt des Vorhangs aus dem Fenster. Ein roter Kleinwagen fuhr in die Einfahrt und hielt vor der Garage. Ein Mazda, glaube ich. Eine ältere Frau stieg aus und kam zum Haus.

Ich saß in der Falle.

Was tun? Ich hörte Türen schlagen.

Sie kam bereits die Treppe zum Obergeschoss hinauf.

Ich beschloss, alles auf eine Karte zu setzen, zog schnell meine Handschuhe aus, versteckte meinen Totschläger in der Hosentasche und ging ihr lächelnd entgegen.

»Guten Tag!«

»Wer sind Sie, und was tun Sie hier im Haus?«, rief sie mit resoluter Stimme. Sie trug eine gelb-grün geblümte Polyester-Schürze über einem hellbraunen einfachen Wollkleid. Seit den 50er-Jahren war diese Schürze anscheinend die klassische Uniform der deutschen Hausfrau. Die Haare waren durch ein rot-blau gestreiftes Kopftuch bedeckt. Nur zwei, drei hellbraune, leicht angegraute Strähnen lugten seitlich heraus. Sie war mehr als einen Kopf kleiner als ich, wirkte aber trotz ihrer stämmigen Statur wendig und drahtig. Und, in einer Situation wie dieser, wo ich auf sie wie ein potenziell gefährlicher Einbrecher wirken musste, auf eine interessante Art furchtlos. Sie war mindestens 20 Jahre älter als ich.

»Bitte fürchten Sie sich nicht.« Fast musste ich lachen, als ich an unser früheres Lied zur Ankunft an der *Friesenpenne* dachte. Ich fasste mich aber sofort. »Mein Name ist David H.« – natürlich ein falscher Name, der gehörte einem seiner Lieblinge von einst, »ich bin nur ein ehemaliger Schüler und wollte auf einen Überraschungsbesuch bei meinem früheren Lieblingslehrer vorbeischauen. Es war aber erstaunlicherweise niemand da, obwohl alles offen steht.« Ich legte all meinen Charme in diese Worte, und zeigte bei einem erneuten Lächeln meine sündhaft teuren, makellosen Zahnreihen. »Und Sie sind?« Ihr Misstrauen schwand, wenn ich ihre Mimik richtig deutete. »Aaltje Moor, ich mache hier sauber und kümmere mich auch sonst um den Haushalt.«

»Wo ist er denn, der gute Herr E.?«

»Im Krankenhaus.« Auf meinen fragenden Blick hin ergänzte sie: »Er hatte einen schweren Herzinfarkt und wurde vor zwei Stunden vom *Roten Kreuz* in die Klinik gebracht. Dann hat man mich angerufen, und deswegen bin ich jetzt hier.« Sie schniefte kurz. »Der arme Mann hat ja sonst niemanden mehr. Außer mir. Ich packe jetzt ein paar Sachen für ihn ein und füttere die Katzen, dann schließe ich hier ab.« Ich nickte.

»Ja, der arme Mann. Ist er tatsächlich so allein?«

»Es ist wie ein Fluch.« Frau Moor unterstrich ihre Rührung, indem sie ein Stofftaschentuch aus der großen Seitentasche ihrer Kittelschürze zog und sich kräftig hinein schnäuzte. »Seine Familie, alle Freunde, sie sind alle schon vor ihm gestorben. Er hatte zwei ältere Schwestern, beide hat der Krebs schon dahingerafft. Und auch seine Ordenskollegen aus seiner aktiven Zeit in der Schule in Dornum, sie sind alle schon tot. Ohne mich wäre er völlig hilflos und einsam. Er ist ja auch geistig und körperlich nicht mehr in allerbestem Zustand, wollte aber um jeden Preis hier wohnen bleiben. Jaja«, sie schüttelte betrübt den Kopf, »alt werden ist nicht immer schön. Ein Wunder, dass er gerade noch in letzter Sekunde den Notruf wählen konnte. Sonst wäre es sicher zu spät gewesen, denn ich wäre erst übermorgen regulär gekommen. So kam der Rettungswagen wohl gerade noch rechtzeitig.« Ich konnte meine Genugtuung kaum verbergen. Wie schön, dass das Schicksal diesen Mistkerl offenbar doch noch gestraft hatte. Nach diesem für friesische Verhältnisse ungewöhnlich langen Wortschwall nahm Frau Moor die kleine Tasche mit Theo E.s Sachen und ging vor mir die Treppe hinunter.

Was dann geschah, war weder geplant noch beabsichtigt. Ich kann es mir bis heute nicht erklären. Reue empfinde ich allerdings auch keine. Mein Arm zuckte kurz und wie ferngesteuert und stieß die Haushälterin die Treppe hinunter. Aaltje Moor überschlug sich und blieb am Fuß der Stufen reglos und mit verdrehtem Hals liegen.

Nun hatte Theo E. wirklich keinen Menschen mehr.

Er war nun ein Mensch, der völlig allein war.

So wie ich vor langer, langer Zeit in der *Friesenpenne*.

Das war mir Rache genug.

Ich ging nach unten und fütterte die Katzen, bevor ich das Haus verließ.

Denn die Katzen würde ich ihm lassen.

INVESTITION IN DIE ZUKUNFT

REGINE KÖLPIN

Als Selbstständiger ist es notwendig, in die Zukunft zu investieren, daran führt kein Weg vorbei, die Zeiten sind schließlich nicht einfach. Und manchmal muss man sich auch von etwas trennen, auch ein Geschäftsgebaren, das jeder kennt. Mein Entschluss steht seit Kurzem fest: Es wird Tant Judy aus Blomberg sein. Sie ist 75 Jahre alt, penetrant, anstrengend und weiß alles besser. Dazu hartnäckig und überaus vermögend. Es gibt einen einzigen Vorteil: Sie hat nur noch mich als letzten Hinterbliebenen.

Warum Tant Judy auch immer in dem ostfriesischen Dorf wohnt und nicht in Düsseldorf an der Kö oder in Hamburg an der Alster – es wird mir ein Rätsel bleiben. Erklären kann ich es nur damit, dass sie mit ihrem fetten Geldkonto in Blomberg so etwas wie eine Königin ist. Ab und zu verlässt sie ihre Residenz dort, flaniert durch die Innenstadt von Esens oder taucht in Bensersiel auf. Ich habe sie dort einmal am Hafen angetroffen, aber die Touris waren mehr daran interessiert, rechtzeitig ihre Fährüberfahrt nach Langeoog zu bekommen als an Tant Judy. Obwohl sie mit dem silbernen Glitzermantel in modischer A-Form echt einen heißen Fummel anhatte, der sie in Blomberg ganz weit nach vorn katapultiert hätte. Nun, sie war zur falschen Zeit am falschen Ort. Ohne Fähre wäre ihr Auftritt bestimmt glorreicher gewesen. Aber ich schweife ab.

Weil ich der Alleinerbe bin, versuche ich natürlich, Tant Judy bei Laune zu halten, damit sie mir gewogen bleibt. Alles andere wäre höchst kontraproduktiv, wenn ich das mal so sagen darf. Nicht, dass ihr Vermögen am Ende an den Karnickelzuchtverein fällt, weil sie sich über mich ärgert. Da muss ich schon vorsichtig sein. Ich weiß, dass mir ihre Sympathien nicht uneingeschränkt gelten, deswegen muss ich mich ein wenig ins Zeug legen.

Aus diesem Grund lade ich Tant Judy anstandshalber immer am dritten Sonntag im Monat zu mir in die Hoge Helmer ein. Diese Straße liegt ein kleines bisschen außerhalb von Blomberg und ist an Idylle nicht zu übertreffen. Nur Wiesen und Felder, kleine Gehöfte am Straßenrand. Pferdeweiden und alte Bäume. Und ich habe meine Ruhe, wenn ich meine CDs anmache und der Gesang von *Schandmaul* die Räume meines Resthofes flutet. Alle Nachbarhäuser stehen weit genug weg.

Für Tant Judys Besuch besorge ich stets eine spezielle Torte mit Schokolade und Marzipan, dekoriert mit feinen Schnipseln aus dunkelgrünem Esspapier, die wie eine Marschwiese anmuten, unter der sich der Kleiboden etwas zeigt. Ich finde diese Kreation sehr fantasievoll, aber noch nie, wirklich noch nie hat Tant Judy sich auch nur ansatzweise lobend darüber geäußert.

Bevor sie kommt, jage ich auch meine Hilfe Frau Dorendorf durch meinen altersschwachen Wohnsitz, weil sie ein echtes Händchen für Sauberkeit hat. Eine Fähigkeit, die in meinem Erbgut nicht vorgesehen ist. Sie sehen, ich gebe mir immer große Mühe, obwohl ich genau weiß, dass Tant Judy wieder mit irgendetwas unzufrieden sein wird. Hat eben nicht jeder einen Palast mit drei Angestellten wie sie. Tant Judy residiert in einem Anwesen mit Sprossenfenstern und Veranda. Ihr Gehöft hätte sich am Alsterufer in Hamburg in die Villendichte nahtlos eingefügt.

Bei Tant Judy kreuzt wöchentlich sogar ein Gärtner auf, der ihre Rasenkanten offenbar mit der Nagelschere bearbeitet. Ja, so eine ist sie, meine Tant Judy. Aber sie geht nach ihren eigenen Angaben stets allein einkaufen, wobei ich sie mir im örtlichen *Markant-Markt* mit einem Einkaufswagen kaum vorstellen kann. Oder beim Gärtner an der Hauptstraße mit einem Sack Blumenerde.

Nun steht also wieder ihr Besuch bei mir an.

Schon drei Tage zuvor bemühe ich mich, meinen Garten wenigstens annähernd vorzeigbar zu machen, aber mir fehlt halt der Gärtner mit der Nagelschere. Das bisschen Weideland habe ich an eine Frau mit fünf Pferden verpachtet, der Duft ihres Misthaufens ist mein ständiger Begleiter.

Ich bin etwas nervös und gebe mir besonders viel Mühe, denn der letzte Besuch meiner Tante war unerfreulich. Schon als sie reinkam – ich liebe eine gediegene Mittelalteratmosphäre mit dunklen Farben und derbem Ambiente – monierte Tant Judy zum x-ten Mal das zu kräftige Rot der Kerzen im Flur und meine, in ihren Augen, hinterwäldlerische Einrichtung. Sie endete mit den Worten: »Kauf dir endlich ansprechende moderne Möbel, damit ich nicht ständig das Gefühl habe, ich betrete eine Gruft, wenn ich dich besuche!«

Die Bemerkung brachte mich ehrlich gesagt darauf, dass ihre Idee keine so schlechte war. Also der Satz mit der Gruft, der war nämlich neu.

Als sie jetzt eine Stunde später kommt, durchquert sie wie immer erst naserümpfend jedes Zimmer, holt ihre weißen Handschuhe, die sie wohl ihrem Butler Johann geklaut hat, aus der Handtasche und untersucht meine Möbel auf Staubpartikel. Missmutig betrachtet sie die leicht dunklen Fingerspitzen – Frau Dorendorf hat es tatsächlich versäumt, die Kante hinter dem Bett abzuwischen – und reibt sie angeekelt.

»Nun, ich muss wohl nichts sagen, aber von meinem Erben erwarte ich angemessene Ordnung und Sauberkeit.«

Ich schlucke. Frau Dorendorf bekommt Lohnabzug, da kann sie sicher sein.

»Weil ich mir schon dachte, dass du es wieder, ich betone wieder nicht auf die Reihe kriegen wirst, dich zu verändern oder dein Haus wenigstens anständig sauber zu halten, bin ich zu dem Schluss gekommen, dich noch einmal zu unterstützen.«

Ich sehe schon die Euroscheinchen vor meinem geistigen Auge auf mich herabregnen, aber da habe ich mich vollkommen verkalkuliert.

Tant Judy schnippt mit den behandschuhten Fingern, was natürlich keinen Laut ergibt, sodass sie die Dinger ärgerlich auszieht und auf den Boden pfeffert. »Im Kofferraum liegt mein Präsent für dich, und wenn ich beim nächsten Mal erscheine, ist hier alles picobello! Über die Möbel sprechen wir dann auch. Und nun möchte ich Torte. Dieses Marschwiesending bitte!«

Ich bediene Tant Judy und bin neugierig, was gleich auf mich wartet. Ein ganzer Koffer voller Kohle, sodass ich mich nicht mehr als Vertreter an den Türen anbiedern muss? Schön wär's!

Tant Judy aber lässt sich Zeit, motzt noch über die Schnecken im Garten und zieht über ihr Personal her. »So, nun muss ich los. Ich habe dem Pastor in Blomberg noch eine Spende für den Altar versprochen. Ich unterstütze ja gern, wo es möglich ist.«

Ich folge Tant Judy, schüchtern wie ein kleiner Junge, zu ihrem Jaguar und könnte mir selbst in den Hintern beißen, weil ich ihr wieder mal kein Paroli geboten habe. Ich möchte mich nicht anders einrichten, verdammt noch mal. Saubermachen ist ja okay, aber alles andere geht sie wirklich nichts an.

Keine zwei Minuten später halte ich einen runden Roboter in der Hand, den Tant Judy als Staubsauger definiert.

»Damit dürfte wenigstens *eines* deiner Probleme gelöst sein.«

Ich lächle und weiß in dem Augenblick, dass es das letzte Geschenk von ihr sein wird, und mein Entschluss steht fest. Ich werde mich von ihr trennen. In vier Wochen wird sie wiederkommen und mich zum letzten Mal in meiner Gruft in der Hoge Helmer besuchen. Ich bin schließlich gelernter Elektriker und nicht immer Vertreter für kleine Plastikdosen, die ich an Haustüren verkaufe, gewesen. Mit Geräten kenne ich mich aus, da bin ich Technik-Nerd! Ich bedanke mich höflich und warte, bis Tant Judys Jaguar meinen Hof verlassen hat. Da sie einen sehr heißen Reifen fährt, wird ihr Personal heute noch den Wagen wienern dürfen, denn bei mir ist nicht überall akkurat gepflastert, und die Pfützen brauchen eine Weile, ehe sie weggetrocknet sind.

Ich packe den Roboter aus, taufe ihn Jimmy, denn wir planen von nun an gemeinsam, und da ist eine persönliche Beziehung zu diesem Gerät sicher nicht von Schaden, denn ich werde ihm das Höchste abverlangen.

Jimmy ist meine Investition in die Zukunft. Na gut, nicht ganz, denn Tant Judy hat ihn finanziert und mir damit den Weg zu größerem Reichtum und Freiheit geebnet.

Die kommenden Tage und Wochen schraube ich an Jimmy herum, mache Testläufe, die erst nicht funktionieren; schließlich aber kann ich sie doch mit hervorragender Präzision umsetzen. Jimmy lässt es sich ohne Schwierigkeiten gefallen. Ich finde, das ist ein gutes Zeichen.

Tant Judy fährt bei unserem nächsten Treffen wie immer mit Schwung und auf die Minute pünktlich auf meinen Hof. Die Marschwiesentorte ist dieses Mal besonders wunderbar gelungen, dazu gibt es aber auch das eine oder andere Likörchen, weil ich zum einen weiß, dass Tant Judy dazu nicht nein sagt, und ich zum anderen der Ansicht bin, dass sich mein Vorhaben damit leichter verwirklichen lässt. Wieder habe ich Frau Dorendorf putzen lassen, schließlich ist es das letzte Treffen von Tantchen und mir.

Die erste Stunde verläuft tatsächlich friedlich.

»Und – wie zufrieden bist du mit meinem Präsent?«, fragt Tant Judy, während sie zum dritten Tortenstück greift. Merkwürdig, dass man ihr diese Essensfülle kein bisschen ansieht, denn sie ist rank und schlank wie eine 20-Jährige. Manchmal beschleicht mich der Verdacht, sie kommt nur zu mir, um sich mal richtig satt zu essen. Ist aber ja nun auch bald vorbei.

»Läuft wunderbar«, antworte ich pflichtschuldig. »Ich zeige es dir gleich. Aber erst habe ich noch was richtig Gutes!«

Ich schenke ihr süßen Schlehenlikör ins Wasserglas, denn der haut richtig rein. Fingerbreit genügt erst einmal. Das Zeug schmeckt wie *Tri Top* und hat Umdrehungen wie ein Turbokreisel. Meine Rechnung geht auf, und Tant Judy langt auch hier kräftig zu. »Schließlich sind es ja nur ein paar Meter zu fahren«, nuschelt sie.

Ich bestätige sie darin, denn es wird von Vorteil sein, wenn sie ein bisschen wackelig auf den Beinen ist.

Dann berichte ich ihr von den Vorzügen des Roboters, und sie ist ganz begeistert, wie sicher er Hindernisse umfährt und auch Treppen nicht hinunterstürzt.

Das ist keine Lüge, möchte ich an dieser Stelle festhalten. Andere Modelle stoppen da schließlich!

Tant Judy ist zufrieden. Es läuft ganz nach Plan, als sie mich auffordert, ihr dieses Wunderwerk der Technik zu präsentieren. »Das möchte ich sehen.«

Ich gebe Tant Judy einen Kuss auf die faltige Wange, weil es bestimmt das letzte Mal ist, dass ich das tun kann, und starte den Roboter. Tant Judy folgt ihm mit kleinen Begeisterungsschreien durch mein ganzes Haus. So bemerkt sie nicht, dass ich die Kellertür öffne. Dort befindet sich auch der Sicherungsschalter. Ja, ich habe wirklich lange für diesen Moment getüftelt und bin sehr stolz auf mich.

Ich höre, wie der Roboter seine Tour durchläuft und Tant Judy sagt: »Ich warne dich, mein Lieber: Ich folge dir auf Schritt und Tritt, ob du deinen Job auch anständig machst.«

Ich bin zufrieden, die Sache läuft gut an. Manchmal muss man sich eben von etwas trennen. Sagte ich ja schon.

Als Jimmy sich dem Keller nähert, drücke ich den Sicherungsschalter und trete unauffällig beiseite, als

Flur und Keller im Dunkeln liegen, denn ein Fenster gibt es hier nicht.

»Huch, ist das duster«, höre ich Tant Judy. »Aber der Sauger hat ja Akku und blinkt so schön. Da folge ich ihm doch einfach! Der Kutscher kennt den Weg!«

»Richtig, Tant Judy, mach das!« rufe ich. »Nur zu!«

Dann lausche ich gespannt. Gleich müsste es krachen, wenn der umprogrammierte Saugroboter in die Tiefe schießt und die standunsichere Tant Judy mit sich ins Verderben reißt. Wie ihr Schrei wohl klingt, wenn sie merkt, dass ihr letztes Stündlein geschlagen hat? Falls ihr das überhaupt noch bewusst wird.

Aber nichts kracht, nichts saust die Kellertreppe hinunter. Stattdessen höre ich Tant Judy keifen: »Was ist denn los, du faules Blechding? Traust du dich nicht bis an die oberste Stufe ran? Da ist noch ein dicker Schmutzrand!«

Ich erschaudere bis ins Mark. War meine ganze Arbeit umsonst? Hat Jimmys Werkseinstellung doch die Oberhand gewonnen?

»Vorwärts!«, ruft Tant Judy. »Na warte, dir werde ich helfen!«

Dann kracht es doch noch, als der Saugroboter in den Kellerabgrund stürzt, beschleunigt von einem kräftigen Fußtritt. Tant Judy verliert dabei das Gleichgewicht und folgt Jimmy blindlings in die dunkle Tiefe.

Um Jimmy tut es mir wirklich leid, er war ein guter und treuer Freund.

Natürlich rufe ich den Notarzt, aber es kann nur noch der Tod durch Genickbruch festgestellt werden. Jimmy habe ich zuvor beerdigt, weil man Mordinstrumente lieber gleich entsorgt, auch wenn sie nicht als solche erkennbar sind. Und natürlich war auch die Sicherung wieder drin und alles wunderbar beleuchtet. Fremdverschulden konnte nicht festgestellt werden. Wie auch? Ich habe Tant Judy gar nicht berührt.

Sie ruht nun auf dem Blomberger Friedhof. Dem Pastor habe ich weitere Spenden zugesagt, ich bin ja kein Unmensch.

Schließlich lebe ich nun in einer Residenz, die ich gerade zu einer mittelalterlichen Burg umgestalte. Natürlich habe ich das Personal behalten, damit es mir zur Hand gehen kann. Gestern habe ich mir trotzdem einen neuen Saugroboter angeschafft. Sozusagen als Investition in die Zukunft. Man kann schließlich nie wissen, wofür man ein solches Ding mal braucht. Ich finde wirklich, dass sie vielseitig einsetzbar sind.

BOSKOPS BLUT

PETER GERDES

Kramer erfuhr es als Erster. Ein versonnenes Lächeln glitt über sein Gesicht, als er den Telefonhörer ablegte, ganz vorsichtig, als wollte er niemanden aus süßen Träumen wecken. Vor allem sich selbst nicht.

»Boskop ist tot«, verkündete der Oberkommissar im Tonfall des unverhofft Beschenkten.

»Boskop!« Hauptkommissar Stahnke ließ die Morgenzeitung sinken. War es Zufall, dass er gerade bei den Todesanzeigen gewesen war? Für diese Rubrik war Boskop in den letzten Jahren ein verlässlicher Zulieferer gewesen. Mutmaßlich jedenfalls, denn beweisen konnte man ihm nie etwas. Demnächst würde also sein eigener Name auf den Seiten mit den schwarzen Rändern auftauchen. Sofern sich überhaupt jemand fand, der um Boskop trauerte. Und bereit war, dafür Geld auszugeben.

»Ja, unglaublich, was?« Kramer grinste immer noch. Stahnke wunderte sich. Kramer, nur halb so breit wie sein Vorgesetzter und doch unverrückbar wie ein Fels, war bekannt für seine stoische Ruhe und sein Pokerface. Manche Gefühle aber waren offenbar so intensiv, dass selbst er sie nicht verbergen konnte.

Letzte Woche noch hatten sie beide gegen Boskop ermittelt. Vielmehr gegen Bolko Mansholt, wie er bürgerlich hieß. Was aber kaum jemand wusste. In ganz Emden, vor allem in der Hafengegend, deren ungekrönter Rotlichtkönig er war, kannte man ihn nur als Boskop. »Hart und sauer, das passt zu mir!«, hatte er immer getönt. »An mir beißt sich jeder die Zähne aus!«

Wohl wahr, dachte Stahnke. Wenn Boskop zuschlug, gingen nicht nur Zähne zu Bruch.

Adnan Ziberi konnte ein Lied davon singen. Vielmehr hätte er eines singen können. Aber einer wie Ziberi sang ja nicht. Nach seinen geschäftlichen Differenzen mit Boskop hatte sein Gesicht ausgesehen wie durch den Steaker gezogen. Ausgesagt aber hatte er deswegen noch lange nicht. »Boskop? Wer soll das sein, Boskop?« Ziberi sprach den Namen silbenweise aus, es klang wie Boss-Kopp. »Ich bin mit dem Fahrrad gestürzt, das ist alles!«

»Doppelte Backenbremse, oder was?«, hatte der Hauptkommissar gehöhnt. »Auf Apfelschalen ausgerutscht?« Auch damit hatte er nichts als finstere Blicke geerntet.

Um das zu verstehen, musste man Boskop nur einmal gegenübergestanden haben. Stahnke war nicht leicht zu erschrecken, war zwar vorsichtig, aber nicht ängstlich. Boskop jedoch hatte auch ihm Respekt eingeflößt. Die Art von Respekt, die Männer vorschieben, um nicht von Angst reden zu müssen. Eins fünfundneunzig groß, ein Hals wie ein Baumstamm, Hände wie Schraubstöcke – das allein war es nicht. Es war vor allem dieser Blick, aus dem höchste Verachtung sprach. Verachtung für alles, was atmete.

Jetzt also atmete Boskop nicht mehr. Stahnke konnte sich einen Seufzer der Erleichterung nicht verkneifen. »Wie ist es denn passiert?«, fragte er seinen Kollegen.

»Erstochen«, erwiderte Kramer.

»Von hinten vermutlich.« Stahnke nickte versonnen. »Oder im Schlaf?« Bestimmt hatte sich keiner getraut, Boskop Aug' in Aug' mit blanker Klinge anzugehen. Geschweige denn, dass irgendwer im offenen Kampf eine Chance gehabt hätte.

Kramer jedoch schüttelte den Kopf. »Messerstich von vorn«, korrigierte er seinen Vorgesetzten. »Genauer: von vorn und oben. In die Halsbeuge, linksseitig. Die Klinge war lang genug, um das Herz zu erreichen und tödlich zu verletzen. Vorher muss es noch einen Kampf gegeben haben; Abwehrverletzungen an Boskops Armen belegen das.«

Stahnke sackte der Unterkiefer weg. Boskop im Kampf besiegt und getötet? Kaum zu fassen! Wer immer das getan hatte, verdiente einen Orden! Der Hauptkommissar biss sich auf die Zunge, um diesen Gedanken nicht laut auszusprechen. »Schon irgendwelche Hinweise auf den Täter?«, fragte er stattdessen.

»Besser!« Kramers Augen funkelten. »Ein Geständnis!«

»Sag bloß.« Stahnke gab sich keine Mühe, seine Neugier zu verbergen. »Wer war's?«

»Du wirst es nicht glauben.« Kramer weidete sich ein paar Sekunden lang an Stahnkes Miene, ehe er herausplatzte: »Taake Busboom!«

»Taake?« Der Hauptkommissar senkte die Mundwinkel und schüttelte den Kopf. »Nee, das glaub ich wirklich nicht.« Taakes Spitzname lautete zwar »Taake der Starke«, in Stahnkes Augen jedoch war das pure Ironie. Boskop hätte eine Schwabbelbacke wie den jederzeit mit links aus dem Hemd gestoßen! Ausgerechnet Taake sollte Boskop umgebracht haben? Mit einem Messer? Trotz Gegenwehr? Niemals.

»Hat er aber so zu Protokoll gegeben.« Kramer warf einen Blick auf seine Notizen. »Die Kollegen der Nachtschicht haben ihn vernommen. Taake sagt, sie hätten die ganze Nacht zusammen gesoffen, überwiegend Wodka. Irgendwann in den frühen Morgenstunden hätten sie Streit bekommen. Boskop sei auf ihn losgegangen, mit blanker Klinge, da hätte Taake sich nicht anders zu helfen gewusst. Eigenes Messer gezogen, zack, aus. Reine Notwehr, sagt er.«

Stahnke klatschte beide Handflächen auf den Tisch. »Wo ist er jetzt?«, fragte er.

»Taake? Der ist unten, in der Ausnüchterung. Von seiner Blutprobe könnten wir unser nächstes Betriebsfest feiern.«

»Nee, nicht Taake. Wo ist Boskop? Schon in der Gerichtsmedizin in Oldenburg?«

»Nein, die Leiche liegt noch hier im Hans-Susemihl-Krankenhaus. Die haben ihm einen eigenen Platz reserviert.« Wieder konnte sich Kramer ein Grinsen nicht verkneifen: »In Boskop hat das Emder Krankenhaus einen wichtigen Arbeitgeber verloren. Ebenso wie wir.«

Der Hauptkommissar erhob sich. »Dann sollten wir uns auch gebührend verabschieden«, sagte er und griff nach seinem Trenchcoat. »Komm mit.«

Doktor Mergner bewegte sich vollkommen lautlos. Sein hageres, gebräuntes Gesicht war von senkrechten Falten durchzogen und erinnerte an eine Handvoll Dörrfleisch, gekrönt von einem wirren Büschel vorzeitig ergrauter Haare. Ein viel zu weiter weißer Kittel umbauschte seinen von Marathonläufen ausgemergelten Körper. Der Gerichtsmediziner hätte jedem Panoptikum zur Ehre gereicht, zog er doch stets alle Blicke auf sich.

Nur jetzt und hier nicht. Denn da lag Boskop.

Stahnke hatte einen nackten Leichnam erwartet, rücklings auf einem Edelstahltisch liegend, mit einer groben, Y-förmigen Naht auf Bauch und Brust, die von einer gründlichen Obduktion zeugte. Der Hauptkommissar runzelte überrascht die Stirn, denn der tote Unterwelt-Boss sah vollständig bekleidet aus. Allerdings nur auf den ersten Blick. Stahnke riskierte einen zweiten.

Boskops Leichnam war tatsächlich nackt. Das war schwer zu erkennen, da er vom Hals bis zu den Hand- und Fußgelenken tätowiert war, komplett und flächendeckend wie ein scheckiger Anzug. Ein fantastisches Motiv zahnte sich ins nächste, und alle verbleibenden Lücken waren mit kleineren Bildern ausgefüllt. Dazwischen schlängelten sich Schriftzüge wie giftiges Gewürm. Und ja, auch die Y-Naht war da, nur kaum zu erkennen, denn sie fügte sich hervorragend in die opulente Körperdeko ein. Hervorragend? Stahnke suchte nach einem passenderen Wort. Nahtlos?

»Was gibt es da zu lachen?«, schalt Doktor Mergner geisterhaft sanft. »Finden Sie die Sprüche etwa witzig?«

Sprüche? Der erste Spruch, den Stahnke las, lautete: »Mamas Liebling.« Genau oberhalb der Peniswurzel.

»Nein, finde ich nicht«, sagte Stahnke, nun wieder mit dienstlich ernster Miene.

»Sie sollten erst mal hinten gucken«, raunte Mergners Stimme wie aus weiter Ferne, obwohl der Mediziner doch direkt neben ihm stand. »Da steht: ›Mein Arsch gehört dem Satan‹. Wollen Sie mal sehen? Hier, fassen Sie mit an, wir drehen ihn um.« Der Doktor streckte Stahnke ein Paar Latexhandschuhe hin. Meinte der Mann das etwa ernst?

»Scheint mir nicht ermittlungsrelevant zu sein«, erwiderte der Hauptkommissar und rammte seine Hände demonstrativ in die Manteltaschen. Mergner guckte enttäuscht.

»Wer weiß? Vielleicht haben wir es hier mit der Tat eines Satanisten zu tun, der für seinen Boss eine Bringschuld eingefordert hat!« Kramer feixte.

»Soviel ich weiß, ist Taake Busboom Zuhälter, Hehler und Dealer, aber kein Satanist«, brummte Stahnke zurück. Er musterte die Arme des Toten. Die Schnitte an Händen und Unterarmen waren deutlich zu erkennen. Ebenso die tödliche Wunde, der Einstich in der Halsbeuge. Taake war deutlich kleiner als Boskop; beim Zustechen musste er dicht vor seinem Opfer gestanden haben, den Arm hoch erhoben. Wieso hatte Boskop ihn nicht einfach weggestoßen?

»Der Tote hatte 2,3 Promille Alkohol im Blut«, beantwortete Mergner die ungestellte Frage.

Stahnke nickte Mergner dankend zu, dann gab er Kramer einen Wink. »Nehmen wir mal den Tatort in Augenschein.«

Von außen hätte das Gebäude in der Nesserlander Straße ein ganz normales Wohnhaus sein können. Jedenfalls bei Tageslicht. Ebenerdige Haustür, deren Schwelle direkt ans Gehwegpflaster grenzte, Sprossenfenster rechts und links, doppelte Fensterflügel gegen Kälte und Lärm, dichte Gardinen gegen neugierige Blicke, dicke Vorhänge. In Emden schaffte die Prostitution überwiegend im Verborgenen an – wenn man mal von dem Puff kurz vor dem Deichschart und dem Borkum-Kai im Außenhafen absah. Bestimmt hatte Boskop dort auch seine Finger drin gehabt.

Früher war die Rotlichtszene anders gewesen, offener und viel größer, vor ein paar Jahrzehnten, als der Umschlag im Emder Hafen boomte und die Schiffe noch lange Liegezeiten hatten. Jedes dieser Schiffe hatte mehr Seeleute als heute, und die hatten mehr Zeit für Landgänge. Emden empfing sie mit offenen Armen. *Alte Liebe*, *Bodega-Bar*, *Playgirl*, *Borkum-Riff*, *Haifisch-Bar*, *Trocadero*, *Rio-Rita-Bar* oder *Lily Marleen* – die Reihe der Namen einschlägiger Etablissements war lang. Die Rotlichtszene war allzeit bereit, die Matrosen um ihre Heuer zu erleichtern, auch mit den Mitteln der Grauzone. Dunkle Gestalten, rote Laternen, ganz wie im alten *Kriminal Tango*. War Boskop damals schon ein Player gewesen? Stahnke rechnete im Kopf nach: wohl kaum. Hatte sich höchstens als kleiner Steppke die Nase an den Schaukästen mit den scharfen Fotos platt gedrückt und Pläne fürs spätere Leben geschmiedet. Inzwischen war der Rotlichtkuchen kleiner geworden, aber Boskop war nie einer gewesen, der sich mit Krümeln begnügte. Ohne Zähne machte ihm niemand das größte Stück streitig, und für Zahnlosigkeit bei seinen Mitbewerbern sorgte Boskop zuverlässig. Bis jetzt.

Drinnen, hinter der biederen Fassade, sah die Wohnung nicht mehr nach Wohnung aus, sondern nach Puff-Klischee. Alles war rosa und lila. Lila Tapeten, rosa gestrichene Türrahmen, lila Teppichboden, Armleuchter mit rosa Schirmchen. Ein Zimmer war komplett mit einer lila Sitzlandschaft ausgelegt, wellenförmig erhöht an den Seiten, zur Mitte hin abfallend. »Das ist der Kontakthof«, kommentierte Kramer mit Kennermiene. »Da möchte ich nicht mit der Schwarzlichtlampe drüber gehen.«

Das Haus war menschenleer; keine der Damen, die hier anschafften, war heute erschienen. Boskops Tod hatte sich anscheinend schnell herumgesprochen. Der König war tot – wer würde ihm nachfolgen? Das Machtvakuum wirkte ebenso beängstigend wie Boskops abrupt beendete Herrschaft.

Kramer winkte den Hauptkommissar nach hinten, an der Bar vorbei und an Türen, durch deren Ritzen es nach Chlorwasser roch. Im Hinterhaus gab es einen Raum, der an ein Büro erinnerte. Hier also war es passiert.

Die Kriminaltechnik war schon durch, alle Spuren waren gesichert und markiert, auch die Stelle, wo Boskops Messer gelegen hatte. Trotzdem behielt Stahnke seine Hände in den Taschen, um nichts zu kontaminieren; man konnte ja nie wissen. Blutflecken gab es einige, sogar außen an der Bürotür; die Blutmenge jedoch war insgesamt geringer, als der Hauptkommissar erwartet hatte. Es gab Blutspuren auf dem Tisch, wo Boskop und Taake gesessen, gezecht und sich dann in die Haare gekriegt hatten, es gab welche auf dem Boden, wo der Boss gestorben war. Auch an der Tür, durch die Taake zunächst geflüchtet war, ehe er sich dann besonnen und die Polizei gerufen hatte.

Das Büro war unglaublich spießig eingerichtet, fand Stahnke. Cocktailsessel mit Plüschüberzug, wo gab es denn so was! Der kleine Tisch hatte tatsächlich Nierenform, und darauf stand sogar eine Zierpflanze. In einem grell bemalten Übertopf. Wie bieder war das denn! Hatte Boskop hier verdrängte Sehnsüchte ausgelebt, oder war sein Geschmack einfach nur so schlecht gewesen?

Die Pflanze machte übrigens einen ziemlich mickrigen Eindruck. Ob sie mal gegossen werden musste? Stahnke beugte sich vor und befühlte die Blumenerde. Sie war feucht. Am mangelnden Gießen lag es nicht.

»Hier haben sie also gesessen.« Der Hauptkommissar stellte sich neben den hinteren der beiden Sessel und ging leicht in die Knie. »Und gebechert. Dann zog Boskop sein Messer. Warum?«

»Geschäftliche Rivalitäten vermutlich.« Kramer zuckte mit den Schultern. »Beide waren schließlich im selben Business tätig.«

»Aber die Hierarchie war doch eindeutig!« Stahnke schüttelte den Kopf. »Jedenfalls springt Boskop auf, um zu attackieren. Taake zieht seinerseits blank und drängt Boskop in die Defensive.« Er streckte beide Arme vor. »Taakes Klinge fügt Boskop Verletzungen an den Unterarmen zu. Dann der tödliche Stich.«

»Genauso! Sie sollten sich sehen!« Kramer zappelte vor Aufregung. »Die Haltung kommt genau hin! Nach vorne gebeugt, Knie eingeknickt. Das illustriert genau den Einstichkanal der tödlichen Wunde.« Er deutete auf die Markierungen auf dem Boden: »Danach ist Boskop nach vorne und links gestürzt. Passt ebenfalls.«

Stahnke richtete sich auf. Glaubte Kramer etwa, er würde sich jetzt wie der sterbende Boskop auf den versifften Teppich fallen lassen? Irgendwo war ja wohl Schluss.

»Jetzt sollten wir uns aber mal den vorknöpfen, der

dabei war«, sagte er. »Inzwischen müsste Taake Busboom wohl aus seinem Köhm-Koma erwacht sein.« Betont gelassen strich er seinen Trenchcoat glatt. Und er ging nicht eher, als bis er sich noch einmal über die Tischpflanze gebeugt und demonstrativ daran geschnuppert hatte.

Taake Busboom zitterte so sehr, dass sein Nackenspeck kleine Wellen warf, und seine Zähne rasselten wie Kastagnetten. Unmöglich zu verstehen, was er da gerade zwischen ihnen hervorgestoßen hatte.

»Was war das, Taake? Sag's noch mal.«

»Boskops Blut!«, brabbelte der schwabbelige Mann. »Schwarzes Blut. Sein Blut war schwarz!«

Taake hatte eine Wolldecke um die Schultern und einen dampfenden Kaffeebecher vor sich. Aber offenbar noch reichlich Alkohol im Blut, daher redete er Blödsinn. Denn Blödsinn war es, hatte Stahnke doch Boskops Wunden und sein Blut selber gesehen. Rot natürlich. Von wegen schwarz!

»Ist ja gut. Hier bist du in Sicherheit.« Der Hauptkommissar redete Taake Busboom zu wie einem kleinen Kind. Wobei es doch mehr als fraglich war, ob sich ein Zuhälter und Dealer im Emder Polizeikommissariat gegenüber dem potthässlichen Bahnhof wirklich in Sicherheit fühlen konnte.

»Schwarzes Blut«, wiederholte Taake bockig. Er befingerte den Verband an seinem linken Unterarm. Der war ein wenig durchgeblutet. Natürlich rot. »Der Teufel hat schwarzes Blut«, raunte der dicke Mann.

»Wenn Boskop der Teufel war, dann ist er jetzt bestimmt daheim«, höhnte Kramer.

Stahnke bedeutete ihm zu schweigen. »Erzähl mal«, forderte er Taake auf. »Was war los letzte Nacht?«

»Es ging um die Pferdchen«, nuschelte Taake. »Boskop hatte das mit den Wohnungen spitzgekriegt, draußen in Hinte und der Krummhörn. Dass ich meine Pferdchen da jetzt rotieren lasse. In Emden geht ja nichts mehr, da ist jetzt alles Boskops.« Taake wollte die Arme ausbreiten, verzog aber das Gesicht. Die Wunde an seinem linken Arm schien zu schmerzen.

»Du hast also Boskops Revieransprüche akzeptiert«, fasste Stahnke zusammen. »Und das wusste er nicht zu würdigen?«

»Nee.« Vorsichtig strich Taake sich über den Verband. »Wollte von meinem neuen Geschäft auch seine Prozente. Und zwar 50! Für nichts! Konnte ich natürlich nicht machen. Hab ich ihm auch gesagt. Da ist er mit dem Messer auf mich los.«

»Und was hast du gemacht?«

»Geblutet!«, schnauzte der Dicke und deutete auf seinen Verband. »Dann hab ich meins gezogen und mich gewehrt. So gut es eben ging – wir hatten ja beide mächtig gebechert. Und dann lag Boskop plötzlich auf dem Boden.«

»Tot«, ergänzte Kramer ebenso beflissen wie überflüssig.

»Und sein Blut war schwarz«, raunte Taake Busboom.

»Was hast du dann gemacht?«, fragte Stahnke.

»Ich bin raus«, sagte Taake. »Tür aufgestoßen und nichts wie raus. In die Dodo-Wildvang-Straße, zu mir nach Hause, erst mal was um meinen Arm wickeln. Dann hab ich überlegt, dass das ja reine Notwehr gewesen ist. Also hab ich die Bullen ... äh, die Polizei angerufen.«

Stahnke lehnte sich zurück. »Sag mal, Taake ... deine Pferdchen, von wem kriegst du die?«

»Meine Pferdchen?« Der Dicke blinzelte überrascht. »Von Adnan, wieso?«

»Adnan Ziberi, ach ja? Hätte ich mir denken können.« Stahnke nickte versonnen.

»Ja, nee. Wieso?« Taake verschränkte die Arme, ohne Rücksicht auf seine Wunde. »Weiß man doch, dass Adnan Mädels besorgt, aus dem Osten, nicht wahr? Ist ja auch Albaner, der Typ.«

»Albaner, sagst du?« Stahnke senkte zweifelnd die Mundwinkel. »Ich dachte, er wäre Rumäne. Bin mir sogar ziemlich sicher.«

»Albaner, Rumäne – na und?« Taake machte eine wegwerfende Handbewegung. Mit links. Der leise Schmerzlaut kam mit Verzögerung. »Macht das einen Unterschied?«

»Na, das finde ich schon!« Stahnkes Augen rundeten sich. »Rumänien, das ist doch auch Transsylvanien, nicht wahr? Das Land von Dracula! Die Leute dort haben einen guten Draht zu den dunklen Mächten. Wusstest du das nicht?«

Taake erbleichte.

»Ja, das ist so! Kannst du mir glauben. Einige von denen stehen mit dem Teufel im Bunde.« Der Hauptkommissar nickte todernst.

Taake erstarrte.

»Aber nicht nur die.« Stahnke hob den Zeigefinger. »Wusstest du, was für ein Tattoo Boskop auf seiner Rückseite trug? ›Mein Arsch gehört dem Satan‹! Na, verstehst du jetzt?«

Taake öffnete den Mund, brachte aber nur ein unverständliches Krächzen hervor.

»Ganz genau.« Der Hauptkommissar nickte mit todernster Miene. »Daher das schwarze Blut! Boskop stand mit dem Teufel im Bunde. Das musste er auch, um solche Leute wie Adnan im Griff zu behalten. Gegen Vampire und Dämonen hilft am besten immer noch der Teufel selbst.«

Taake brach der Schweiß aus. Die Wolldecke glitt von seinen Schultern; er bemerkte es nicht.

»Da ist es natürlich ganz blöd, wenn man sich für die falsche Seite entscheidet, was, Taake?«

»Was … ?« Taake schluckte, pures Entsetzen im Blick.

»Glaubst du denn, der Fürst der Finsternis lässt es sich gefallen, dass man ihm einen seiner Leute vorzeitig nach unten schickt?« Stahnke schüttelte mitleidig den Kopf. »Das wird Konsequenzen haben, das kannst du dir ja wohl denken.«

»Was soll ich denn tun?« Taakes Stimme klang flehend. Und wie ein Reibeisen.

»Tja, was wohl? Wenn du es dir mit einem ganz

Starken verdorben hast, musst du dir den Beistand eines noch Stärkeren sichern. Ist doch klar.«

Taake schnappte nach Luft. Sein zitternder Zeigefinger wies auf den Hauptkommissar, seine Stirn legte sich in fragende Falten.

Stahnke schüttelte den Kopf.

Langsam wanderte Taakes Finger höher, immer noch zitternd, bis er zur Decke wies. Seine Augen weiteten sich, die Augäpfel quollen hervor.

Stahnke nickte. »Genau. Und damit das auch klappt, erleichterst du jetzt erst mal dein Gewissen.«

Wieder klapperten Taakes Zähne, diesmal allerdings, weil er so eifrig nickte.

»Adnan Ziberi hat dich geschickt, stimmt's?«

Taake nickte.

»Sag's laut«, forderte Kramer; er hatte das Aufnahmegerät eingeschaltet.

»Ja«, krächzte Taake.

»Der Mädchenhändler wollte Boskop loswerden, um selber das ganze Revier zu übernehmen, richtig? Mit dir als Mittelsmann?«

»Ja.«

»Du bist also zu Boskop gegangen, um mit ihm zu saufen. Du hast ihn aber alleine saufen lassen. Deinen eigenen Schnaps hast du in den Blumentopf gekippt. Jedenfalls den meisten. Stimmt's?« Stahnke schnupperte an seinen Fingern.

»Ja.«

»Als du dachtest, er ist reif, bist du auf ihn los. Mit deinem Messer. Er hat sich mit bloßen Händen gewehrt, denn selber hatte er kein Messer einstecken. Fühlte sich ja sicher in seinem eigenen Haus. Und mit dir, seinem lieben Kollegen.«

Taake zögerte.

»Denk an das schwarze Blut«, sagte Stahnke sanft.

»Ja! Ja doch, es stimmt.«

»Aber du wusstest ja, wo Boskops Messer gewöhnlich lag.«

»Unterm Tresen«, brummelte Taake. »Neben der Kasse.«

»Und genau dort bist du hin, nachdem Boskop tot war«, fuhr Stahnke fort. »Hast sein Messer geholt und es dir selbst in den Arm gerammt. Damit es auch wirklich nach Notwehr aussah. Natürlich mit Handschuh, wegen der Fingerabdrücke. Korrekt?«

»Ja.« Taake klang resigniert.

»Dann bist du zurück ins Büro und hast das blutige Messer neben dem toten Boskop auf den Boden gelegt. Anschließend bist du nach Hause gegangen und hast dir erst mal eine Flasche Korn reingezogen, damit dein Pegel auch zur Story passt. Richtig?«

»Es war Wodka«, murmelte Taake.

»Als du dann besoffen genug warst, hast du 110 angerufen. Zack, aus, Ende der Geschichte. Kramer, besorgen Sie unserem Gast eine sichere Unterkunft.«

Taake erhob sich widerstandslos. »Und … was wird jetzt mit mir?«, fragte er mit zitternder Stimme.

»Das«, erwiderte Stahnke feierlich, »liegt ab jetzt in der Hand einer höheren Instanz.«

Kramer legte dem Dicken die Wolldecke wieder um und übergab ihn zwei herbeigerufenen Kollegen. Danach schloss er die Tür sorgfältig und fragte seinen Vorgesetzten: »Seit wann wussten Sie es?«

»Seit ich das Blut gesehen habe«, erwiderte Stahnke.

»Boskops Blut?«

»Nein, Taakes! Außen an der Bürotür. Außen! Wie sollte es da wohl hingekommen sein? Nach Taakes Story unmöglich. Das kann nur passiert sein, als er das blutige Messer vom Tresen zu Boskops Leiche gebracht hat.« Stahnke grinste: »Außerdem habe ich an der Topfblume auf dem Tisch gerochen. Mann, die hatte vielleicht eine Fahne!«

Kramer nickte. Eine Frage aber hatte er noch auf dem Herzen: »Wen haben Sie denn damit gemeint, als Sie vorhin sagten: höhere Instanz?« Er deutete zur Decke.

»Den Haftrichter natürlich«, antwortete Stahnke. »Wen denn sonst?«

Danach ging Stahnke sofort zurück zum Krankenhaus. Er hatte Glück, Doktor Mergner war noch da, und er verstand auch gleich, was der Ermittler von ihm wollte. Bereitwillig setzte er sein Skalpell in der Achselhöhle von Boskops Leiche an. Stahnke verzog sein Gesicht, als schwarze Flüssigkeit hervorquoll. »Also wirklich«, murmelte er.

»Natürlich ist das kein Blut«, hauchte Mergner. »Sondern Lymphe. Und das Schwarze ist Tätowier-Tinte. Das lymphatische System des Körpers betrachtet das Zeug als Bedrohung und versucht, es abzubauen. Aber angesichts dieser Partikelmengen« – mit einer raumgreifen Geste umfasste er Boskops Ganzkörper-Verzierungen – »hatte es natürlich keine Chance. Knoten und Gefäße sind bereits vollkommen verstopft. Ich wage die Behauptung, dass dieser Herr hier sowieso nicht mehr lange zu leben gehabt hätte.«

»Kein großes Wagnis«, murmelte Stahnke. »Mehr als einmal sterben geht ja nicht.«

»Ach, der Herr Hauptkommissar sind mal wieder ungnädig ob meiner Ausführungen.« Doktor Mergners Stimme klang mehr als pikiert; er schien ernsthaft beleidigt zu sein. »Dann verzeihen Sie mir doch bitte alles, was in Ihren Augen nicht ermittlungsrelevant ist. Soll nicht wieder vorkommen.«

Der Hauptkommissar gab sich einen Ruck. »Bitte verzeihen Sie mir, Herr Doktor. Ich versichere Ihnen, dass ich Ihre Arbeit sehr wohl zu schätzen weiß, auch wenn man mir das nicht immer anmerkt.« Dann fügte er hinzu: »Und ehe ich noch einmal sage, dass irgendetwas, was Sie sagen, nicht ermittlungsrelevant wäre, überlege ich es mir zweimal. Das verspreche ich Ihnen!«

KATERFRÜHSTÜCK

HEIKE GERDES

Ist ja wirklich ärgerlich, dass die Sonntagszeitungen nicht ausgetragen werden. Aber deswegen gleich die Polizei anrufen? Man kann alles übertreiben. Lükka Tammling hätte sich einen schöneren Sonntagmorgen vorstellen können. Aber Bereitschaft im Kriminaldauerdienst heißt nun mal, bei jedem Scheiß mit anzutraben. Gut, es sind nicht nur die Zeitungen. Reingeregnet hat es wohl auch, weil die Balkontür seit Tagen offensteht. Deshalb hat der Hausmeister jetzt die Polizei angerufen, statt einfach alleine mit dem Schlüssel in die Wohnung der Nachbarin zu gehen. Ist ja auch korrekt so.

Vor dem Wohnblock liegen nass geregnete Müllsäcke neben durchweichten Pappkartons und – logisch – Bündeln von Sonntagsblättern.

Lükka Tammling stellt den Wagen ab und öffnet die Tür. Ein scharfer Windstoß reißt sie ihr beinahe aus der Hand, und sie zieht fröstelnd den Kopf zwischen die Schultern. Diese Ecke der Stadt ist ihr nicht vertraut. Auch wenn hier triste Wohnblocks stehen, hat die Polizei hier eher selten etwas Ernsthaftes zu erledigen, jedenfalls die Kripo und das Fachkommissariat 1. Eine verlockende Wohngegend ist es deshalb noch lange nicht.

Auch Roman Sturm ist jetzt ausgestiegen. »Siehst du den Hausmeister schon irgendwo?« Er schaut sich suchend um, finsterer Blick, eindeutig verfroren.

Natürlich ist kein Hausmeister zu sehen, der wäre ja auch schön blöd, wenn er hier draußen im kalten ostfriesischen Landregen rumstehen würde. Lükka zieht ihr Notizbuch aus der Tasche und blättert mit klammen Fingern durch die Seiten, auf denen sich sofort große nasse Flecken bilden und die Schrift verwischen. Hätte sie besser noch im trockenen Auto gemacht.

»Linker Eingang, bei Groote klingeln«, liest sie vor.

Zusammen patschen sie durch die Pfützen zu dem Waschbetonplattenweg, der auf die Metalltür mit 70er-Jahre-Sicherheitsglas zuführt.

Roman entdeckt Grootes Klingelknopf zuerst und drückt. Erfreulich schnell summt der Türöffner, und Lükka schiebt die Tür auf. Im Hausflur riecht es deutlich sauberer, als sie erwartet hat.

»Vierter Stock«, ruft eine Stimme vom nächsten Treppenabsatz. Na wunderbar. Auch noch Frühsport.

Doch es gibt tatsächlich einen Aufzug. Rumpelt und quietscht zwar, scheint aber nicht unmittelbar absturzgefährdet. Im ersten Stock hält er ruckelnd an, und Erwin Groote huscht durch die Tür, lang aufgeschossen, dünn wie eine Heuschrecke. Knappes »Moin«, Nicken, flüchtiger Händedruck. Der Lift seufzt weiter nach oben und hält schließlich wieder.

Die Tür gleitet auf und gibt den Blick auf ein 50er-Jahre-Idyll frei. Blumenbänkchen, Spitzendeckchen, an der Wand neben der Wohnungstür hängt ein gesticktes Rosenbildchen.

Es riecht auch hier oben immer noch nach *Meister Proper*, aber das ändert sich, als Groote die Wohnungstür aufschließt und öffnet. Ein feuchter Luftzug haut Lükka und Roman einen beißenden Ammoniakgestank ins Gesicht, der gerade eben einen süßlichen Geruch überdeckt.

Lükkas Zwerchfell verkrampft sich. Sie atmet flach und gräbt die Fingernägel in ihre Handflächen. Nur jetzt nichts anrichten, was die Spusi ihr die nächsten Jahre noch feixend aufs Butterbrot schmieren wird! Bildlich gesprochen.

Die Kommissarin reißt sich zusammen und betritt den Flur mit den eierschalenfarbenen Fliesen, dem schmiedeeisernen Kronleuchter und den vielen bunten Scherben in eingetrockneten Pfützen. Sie lässt ihren Kollegen in die Wohnung und drückt die Tür mit knappem Dank mit dem Ellenbogen vor dem verblüfften Hausmeister ins Schloss. Ehe sie sich Einweghandschuhe überzieht, tupft sie sich etwas Pfefferminzöl unter die Nase. Sie hat genug gerochen, um einen Eindruck vom Tatort zu haben, und ist schließlich kein Rechtsmediziner, der bei der Untersuchung alle Sinne beisammen haben muss.

Jetzt tränen ihr auch noch die Augen vom Minzöl.

Ein klägliches Wimmern ist zu hören. Liegt die Mieterin etwa verletzt in der Wohnung? Lükka gräbt in der Jackentasche nach ihrem Telefon, um den Rettungswagen zu alarmieren, und stolpert im nächsten Augenblick über etwas Weißes, das mit wütendem Fauchen ans andere Ende des dämmrigen Flurs davonstiebt. Unter der Kommode funkeln zwei weit aufgerissene grüne Augen hervor.

Jetzt kann Lükka auch den beißenden Geruch einordnen. Dass sich aus der offenen Tür neben dem Eingang eine breite Spur schmutziger Katzenstreu in den Korridor zieht, hilft ihr dabei. Die Mieze des Hauses hat offenbar länger kein sauberes Klo bekommen.

Auch kein Futter, aber das Problem hat sie, vermutlich nach einer Schamfrist mit knurrendem Magen, schließlich gelöst, wie sich im Wohnzimmer herausstellt.

Jetzt braucht Lükka das Telefon doch. Nicht für die Alarmierung des Rettungswagens; für den ist es deutlich zu spät. Stattdessen muss sie die Kollegen von der Spurensicherung anrufen. Und die sollen es bloß wagen, ihr etwas über Vermeidung von Fremdspuren zu erzählen!

*

»Hat Frau Mertens alleine hier gelebt?«, fragt Roman den Hausmeister, als sie wenig später in dessen Küche zusammensitzen.

Groote schüttelt den Kopf. »Nein, seit einer ganzen Weile wohnte sie mit der Franziska zusammen.« Er druckst ein wenig herum. »Die beiden … na ja … waren halt ein Paar … Aber ganz anständige, ruhige Mieter«, beeilt er sich hinzuzufügen.

Als würden homosexuelle Paare sonst immer randalieren und Orgien feiern, denkt Lükka.

»Und wo ist diese Franziska?«

Groote zuckt die Heuschreckenschultern. »Hab ich eine Weile nicht gesehen. Obwohl, ich guck ja auch nicht ständig, was die Nachbarn machen …«

»Haben Sie vielleicht trotzdem etwas Ungewöhnliches bemerkt? Hatten die beiden Streit, sind Teller geflogen oder so?«

Überflüssige Frage, findet Lükka. In der Wohnung lagen überall Scherben herum.

Groote zögert. »Früher nicht. Aber in letzter Zeit hat man doch öfter mal was gehört. Vor allem, wenn vorher diese Blonde zu Besuch war. Meistens knallte dann irgendwann die Tür, und das Auto fuhr weg. Das letzte Mal ist aber schon eine paar Tage her.«

Ach, wenn es doch immer so einfach wäre, denkt Lükka. Ehestreit, Beziehungstat, aus die Maus. Jetzt müssen sie nur doch die gute Franziska finden.

*

»Was fällt dir eigentlich ein?« Die Kellnerin starrt auf die Glasscherben und die weißen Kristalle auf dem Fußboden. Hektisch wischt sie mit dem Ärmel ihre Ohrmuschel trocken. »Jetzt ist es aber wirklich genug! – Bring mir mal bitte einer Handfeger und Müllschippe«, ruft sie durch in den Gastraum. Sie funkelt wütend die kräftige Rothaarige an, die o-beinig und ganz leicht schwankend neben ihr steht. »Eigentlich musst du das wegfegen. Deinetwegen habe ich das Tablett schließlich fallen lassen.«

Die andere grinst sie an, offenbar nicht im Geringsten verlegen. »Sei nicht so schüchtern, Schätzchen. Du weißt doch, du bist mein Typ.«

Hoppla, was geht hier denn ab? Solche Szenen ist Lükka Tammling aus ihrem Stammlokal nicht gewohnt. Freundlich, familiär und herzlich kennt sie es hier. Da nimmt man sich auch schon mal in den Arm. Aber so aggressives Anbaggern? Hat die Rothaarige der Kellnerin gerade wirklich an den Busen gegrabscht und …

»Verdammt, Franziska, du hast mir die Zunge ins Ohr gesteckt!« Die Kellnerin schäumt noch immer vor Empörung.

Lükka kann das gut verstehen. Jedem Kerl, der sich so was herausnimmt, würde sie eine schallende Ohrfeige verpassen. Mindestens. Na gut, jedenfalls wenn sie nicht im Dienst ist. Müssen Frauen sexuelle Belästigung von anderen Frauen hinnehmen? Doch wohl eher nicht.

Dass Lükka Tammling jetzt zum Tisch hinübergeht, um die Rothaarige anzusprechen, ist aber dienstlich. Irgendwie schade. Viel lieber wäre sie erzieherisch tätig geworden.

Erwin Groote hat ihnen ein Foto von einem Nachbarschaftsgrillfest gegeben, auf dem auch Gunda Mertens und Franziska Eenboom zu sehen sind. Und die zudringliche Wuchtbrumme mit dem vollen roten Haar da drüben ist eindeutig Franziska Eenboom. Ein bisschen ramponiert und zerknittert zwar, aber so sieht man wohl aus, wenn man tagelang nur gerade so nüchtern wird, dass man unfallfrei zur nächsten Kneipe kommt und da auch noch bedient wird.

»Frau Eenboom, ich muss mit Ihnen sprechen«, sagt Lükka in diskreter Lautstärke.

»Aber sicher doch«, trompetet die Rothaarige zurück. »Siehst du«, verkündet sie an die Frau gewandt, die mit Schaufel und Besen auf dem Boden hockt, »*sie* mag mich. Besorg uns doch zwei Prosecco, Süße.« Sie streckt die erstaunlich kräftige Hand nach Lükka aus, nimmt eindeutig Maß, wo sie sich in diesem frühen Stadium der Bekanntschaft schon zuzupacken traut. Als ihr Blick Lükkas graue Augen trifft, lenkt Franziska Eenboom die Bewegung um und zupft sich selbst am Ohrläppchen mit dem dicken Strassklunker. Kluges Köpfchen.

»Ein doppelter Espresso ist besser«, korrigiert Lükka und nickt der Bedienung freundlich zu. Dann deutet sie auffordernd auf den nächsten Stuhl, und tatsächlich setzt Franziska Eenboom sich folgsam an den Tisch.

»Schön, dich kennenzulernen.« Franziska Eenboom stützt die Ellenbogen auf die Tischplatte und legt ihr kräftiges Kinn in den großen Händen ab. Sie wirkt so übernächtigt, dass es Lükka vorkommt, als sähe sie auf den großporigen Wangen ihres Gegenübers einen Bartschatten.

Der Espresso kommt, Franziska Eenboom füllt das Tässchen mit so viel Zucker auf, dass eigentlich ein Berg aus der Tasse ragen müsste, und kippt das heiße Gebräu in einem Zug hinunter. »Schwarz wie die Sünde und genauso süß«, lächelt sie. »Obwohl ich sonst ja lieber Tee trinke. Ich bin sowieso sehr für Liberté und Egalité …« Ihre Hand pirscht sich wieder an Lükka heran.

»Frau Eenboom, ich bin von der Polizei und muss dringend mit Ihnen reden.«

Franziska Eenboom wirkt keineswegs erschrocken, auch wenn sie die stark geschminkten Augen in gespieltem Entsetzen aufreißt. »Oh, und jetzt willst du mich mitnehmen, weil ich böse war? Hast du denn auch eine Uniform?« Sie lächelt und legt kokett den Kopf schief. Wenn du ein Kerl wärst, denkt Lükka erneut, dann … Aber könnte man im Zuge der Gleichberechtigung nicht auch einer Frau …? Nein, jedenfalls nicht im Dienst. Schade.

»Ja, ich nehme Sie mit. In mein Büro.«

*

»Sie heißen Franziska Eenboom?«

Lükka sieht die Rothaarige nicken. Die Kommissarin hat sich so in Türnähe gesetzt, dass sie ihre Tatverdächtige im Auge behalten kann, ohne von ihr angeflirtet zu werden. Am Tisch gegenüber der Frau im luftigen Sommerkleidchen hat Roman Sturm Platz genommen. Man soll Zeugen bei der Befragung schließlich nicht unnötig ablenken.

»Und Sie sind wann geboren?«

»Man fragt eine Dame nicht nach dem Alter!«

»Mag sein«, stimmt Roman Sturm zu. »Wenn wir hier auf einer Party wären. Sind wir aber nicht. Also?«

Lükka lehnt sich zurück und beobachtet zufrieden, wie ihr Kollege ruhig die Personalien in seinen Laptop tippt. Die Rothaarige antwortet brav und nippt zwischendurch an dem großen Becher Pfefferminztee, den Roman ihr aufgebrüht hat. Der Geruch erinnert Lükka fatal an den Einsatz in Gunda Mertens' Wohnung. Da hat die Minze nicht besonders gut gegen den Kater und seinen Gestank geholfen, aber als Tee scheint sie zu wirken, denn Franziska Eenboom wirkt zusehends frischer und sitzt deutlich entspannter am Tisch als zuvor.

Roman holt sie abrupt aus ihrer Wohlfühlzone. »Sie hatten Streit mit Ihrer Lebensgefährtin«, stellt er fest, gerade genug Schärfe in der Stimme, dass sein Gegenüber verlegen auf dem unbequemen Stuhl nach vorne rutscht.

»Ja, nun ... Streit ist wohl zu viel gesagt«, wehrt sie ab. »Streit ist so ein hässliches Wort. Gunda hat eben Temperament!«

»Also sind bei Ihnen schon öfter die Teller und Tassen geflogen?« Als Franziska Eenboom zögernd nickt, setzt er nach: »Weil Sie es mit der Treue nicht so genau nehmen?«

»Das ist nicht wahr!« Sie schaut Roman so empört an, als hätte sie vorhin nicht wie blöde gebaggert und Frauen angetatscht. »Ich will sie doch heiraten!«

Lükka verdrängt die politisch völlig inkorrekte Vision zweier Matronen in weißen Brautkleidern mit Schleiern und Kränzchen.

Roman tippt auf seinem Computer herum, runzelt die Stirn und liest eine Weile. Dann wendet er sich wieder an Franziska Eenboom. »Sie waren also immer treu. Aber vielleicht hat Ihre Freundin sich ja anderweitig umgesehen? Ganz woanders sogar?«

Was ist das jetzt? Lükka ist fast so verblüfft wie Franziska Eenboom, die auf ihrem Stuhl hochfährt.

»In Ihrer Wohnung wurden Spuren gefunden, die eindeutig die Anwesenheit eines Mannes beweisen. Braune Haare zum Beispiel. Und keineswegs nur im Flur oder auf dem Sofa, sondern auch auf dem Laken im Schlafzimmer und in der Dusche. Außerdem lange blonde Frauenhaare, die weder von Ihnen noch von Ihrer Lebensgefährtin stammen.«

Franziska Eenboom springt auf und funkelt Roman wütend an. »Was wollen Sie überhaupt von mir? Darf man sich nicht mal streiten, ohne dass die Polizei einen abholt und die Wohnung durchsucht?« Ihre Stimme wird lauter und rutscht eine Oktave tiefer. »In jeder Beziehung gibt es doch mal Streit!«

Roman nickt. »Sicher. Aber nicht nach jedem Streit liegt jemand tot in der Wohnung.«

»Was?« Franziska Eenboom steht wie eingefroren, noch leicht nach vorne geneigt. »Was reden Sie da?«

»Er redet von Ihrer Freundin Gunda Mertens«, schaltet sich Lükka ein. »Sie ist am Sonntag in ihrer Wohnung tot aufgefunden worden. Wann haben Sie Frau Mertens zuletzt gesehen? Was ist vorgefallen, dass Sie sich so gestritten haben? Warum haben Sie sie getötet?«

Franziska Eenboom zuckt unter Lükkas Sätzen zusammen wie unter Peitschenhieben. Mit einem heiseren Aufschluchzen lässt sie sich auf ihren Stuhl fallen und vergräbt das Gesicht in den Händen.

»Wir wollten doch heiraten. Nicht einfach nur die Lebenspartnerschaft eintragen lassen. Nur deshalb haben wir noch abgewartet. Es war Gunda so wichtig, dass alles stimmt. Und ich habe das akzeptiert. Ich habe sie doch geliebt!« Franziska Eenboom blickt auf. Der schwarze Kajal ist verschmiert, der dicke Lidschatten zieht breite Spuren bis zu den Schläfen.

In Lükkas Hosentasche zuckt das Handy, sie beachtet es nicht, sondern starrt gebannt auf die Frau, die so aufgelöst erscheint, als hätte sie tatsächlich nichts vom Tod ihrer Partnerin gewusst. Kann man sich so verstellen?

Franziska Eenbooms rote Locken sind in Unordnung geraten und hängen seltsam schief auf dem kantigen Kopf. »Gunda hat sich nicht umorientiert«, sagt sie jetzt etwas gefasster. »Sie hat immer nur auf Frauen gestanden. Ich auch, das passte gut.« Sie lacht freudlos und fährt sich mit den gespreizten Fingern durch die Haare. Die Lockenfrisur verrutscht endgültig und fällt auf den Tisch. Franziska Eenboom fischt die roten Haare aus dem Becher, sie ziehen eine Tropfenspur über die weiße Tischplatte. »Es gab nur ein Problem.«

Das glaube ich aber auch, denkt Lükka. Du bist ein Kerl!

»Wie lange waren Sie ein Paar?«, fragt Roman sanft.

»Über zwei Jahre. Seit ich von Winschoten nach Leer gezogen bin, um bei Gunda zu sein, lebe ich als Frau. Ich trage schöne Kleider, benutze Make-up und heiße Franziska.«

»Und Sie haben bisher nicht … ich meine …« Roman stockt und schaut verlegen auf die kurzen braunen Haare, die oben auf dem Kopf schon schütter werden.

»Hormone genommen und mich operieren lassen, meinen Sie?« Eenboom schüttelt den Kopf. »Obwohl ich sogar dazu bereit gewesen wäre, wenn Gunda es gewollt hätte. Ich kann für dich alles sein, was du willst, habe ich gesagt.« Sie … er … schnaubt. »Ausgelacht hat sie mich. Ein Schwächling sei ich. Eine Mogelpackung. Und der Lack sei auch schon ab. Sie brauche Frische in der Beziehung. Wir haben uns fürchterlich angebrüllt. Und Geschirr ist wohl auch nicht viel übrig geblieben. Dann bin ich abgehauen. Ich brauchte Abstand und ein Bier. Aber da lebte Gunda noch. Oh ja!«

»Und all die Jahre war Ihr … Problem … kein Thema?«, will Roman wissen.

»Welches Problem? Ach so, das meinen Sie. Nein, dass ich ein Mann bin, wusste Gunda von Anfang an. Und sie war geschmeichelt. Einen größeren Liebesbeweis kann es doch nicht geben, oder? Und in einer Beziehung muss man sich doch anpassen und Kompromisse schließen.«

»Ihr Problem war ein ganz anderes, nicht wahr«, schaltet sich Lükka ein. Sie hat jetzt doch ihr hartnäckig brummendes Smartphone aus der Tasche gezogen und mit gerunzelter Stirn die neuesten Nachrichten gelesen. Jetzt hält sie es so, dass Roman und Eenboom das Display sehen können. »Das größte Problem hieß Leoni.«

Eenboom starrt auf das Foto der jungen Frau mit den langen blonden Haaren. Seine Augen verengen sich vor Wut. »Woher haben Sie das Foto von diesem kleinen Biest?«, zischt er.

»Von der Meldestelle«, antwortet Lükka. »Aber sie ist nicht Ihre Rivalin.«

Eenboom schweigt und sieht die Kommissarin abwartend an.

»Wir haben in den vergangenen Tagen nach Angehörigen von Gunda Mertens gesucht. Leoni Mertens ist die Tochter Ihrer Lebensgefährtin. Ihre Freundin war keineswegs immer an Frauen interessiert. Hat sie Ihnen nie davon erzählt? Wenn Sie und Frau Mertens geheiratet hätten, dann hätten Sie einander auch beerben können. Für Leoni wäre das ein herber Verlust gewesen, denn ihre Mutter hat in der Blockwohnung zwar sparsam gelebt, aber sie hatte Vermögen. Wie viel genau, wissen wir noch nicht.«

Eenboom reagiert kaum noch. Wenn er bisher geglaubt hat, er könne Geheimnisse für sich bewahren, weiß er es jetzt besser. Gunda war ihm auch hierin überlegen.

Lükka seufzt. Eigentlich kann sie zufrieden sein. Leoni Mertens sitzt zwei Zimmer weiter und wartet auf ihre Vernehmung. Der Hausmeister hat sie in den letzten Wochen häufiger im Haus gesehen. Ihre Kleidung ist ebenfalls sichergestellt worden, und Lükka hat kaum Zweifel, dass sie Blutspuren daran finden werden.

»Sie können dann gehen, Herr Eenboom«, sagt sie. Sie seufzt wieder. Wann wird Eenboom wohl klar werden, dass für ihn und seine Gunda gar keine Gesetzesänderung nötig gewesen wäre, dass er mit seinen Papieren als Frank Eenboom problemlos längst einen Trauungstermin bekommen hätte? Letztlich hätte das seine Beziehung auch nicht gerettet. Vielleicht aber das Leben seiner Freundin.

In der Tür wendet sich Frank Eenboom noch einmal um. »Sagen Sie, unsere Wohnung … kann ich da rein?« Er schaudert. »Es ist nur, weil ich mich um den Kater kümmern muss. Ich mag ihn zwar nicht besonders, aber er hat doch jetzt niemanden mehr, der ihn füttert.«

Lükka hat sofort wieder penetranten Minzgeruch in der Nase und denkt an die grün leuchtenden Augen des satten weißen Katers, den sie mit Mühe eingefangen und ins Tierheim gebracht haben.

»Für den ist gesorgt. Machen Sie sich mal keine Sorgen.« Alles muss sie ihm nun auch nicht erzählen …

DER NERVIGSTE GAST ALLER ZEITEN

PETER GODAZGAR

Gäste.

Nun ja, über unsere Gäste sprechen wir natürlich nicht.

Normalerweise.

Sehr sensibles Thema. Vor allem für ein Haus unserer Kategorie.

Mein Hotel ... also: unser Hotel ... will sagen, das Hotel, das zu führen ich die Ehre habe, liegt am Rand von Wiesmoor, soll heißen: ganz am Rande.

Man könnte auch sagen: Es liegt etwas abgelegen.

Man könnte sogar sagen: Es liegt etwas versteckt.

Das ist umso wichtiger, da Wiesmoor seit Neuestem mitspielt in der Liga der krassen Schauplätze des Verbrechens. Haben Sie ja bestimmt gehört oder gelesen: Vorwurf des Fördermittelbetrugs in Millionenhöhe, illegale Hanfplantage, Verbindungen zu den Hells Angels, Razzia, das volle Programm! Gab zwar fette Schlagzeilen – ist aber natürlich trotzdem nicht so ganz das, womit Tourismusexperten werben können.

Insofern also nicht schlecht, dass man die Zufahrt zu unserem Haus leicht verpassen kann, denn genau darum geht es uns ja. Wir wollen unseren Gästen größtmögliche Ruhe bieten. Und eben das wissen unsere Gäste zu schätzen. Vor allem die bekannteren. Also die richtig bekannten. Die Stars, um es ganz klar zu sagen.

Es gibt ja zwei Sorten von Stars: erstens diejenigen, die in der Öffentlichkeit gesehen und – noch wichtiger – erkannt werden wollen, weil sie eigentlich oft übersehen und eben nicht erkannt werden. Und zweitens diejenigen, die das nicht mehr nötig haben und einfach in Ruhe gelassen werden möchten.

Es sind die Stars der zweiten Kategorie, die bei uns gerne absteigen.

Natürlich haben wir auch ... ganz normale Gäste. Wie auch immer: Wer bei uns eincheckt, der erwartet nicht nur erstklassigen Service, sondern der erwartet immer auch Diskretion. Und klar, Diskretion wird nicht nur von mir als Hoteldirektor garantiert, sie wird von jeder einzelnen Mitarbeiterin und von jedem einzelnen Mitarbeiter zugesichert, sei es am Empfang, im Restaurant, an der Bar, im Wellnessbereich oder beim Housekeeping.

Insofern verbietet es sich natürlich auch, das Verhalten unserer Gäste zu ... bewerten. Wie sollen wir etwas bewerten, was wir nicht kommentieren?

Außerdem: Wir sind ja ein freies Land.

Natürlich denken wir uns unseren Teil. Aber grundsätzlich gilt: Jeder Gast kann tun und lassen, was er will. Im Prinzip. Ich sage meinen Mitarbeiterinnen und Mitarbeitern dann immer: atmen und lächeln.

Das klappt auch. In der Regel.

Aber dieser ganz spezielle Gast, der war natürlich schon … wie soll ich sagen … der war schon ein bisschen … speziell. Der war ein anderes Kaliber.

Jeder, der hier im Haus tätig ist, hat schon einiges erlebt. Wie gesagt, wir haben durchaus berühmte und sehr berühmte Menschen zu Gast. Wobei meine Erfahrung ist: je berühmter, umso unkomplizierter.

Ich spreche hier übrigens nicht von Sonderwünschen. Sonderwünsche wären ein eigenes Thema. Wir hatten mal einen Gast, der verlangte 16 zusätzliche Kissen. Keine Ahnung, was er mit ihnen gemacht hat. Wenn das Zimmer hergerichtet wurde, lagen die Kissen immer säuberlich gestapelt in einer Ecke. Ein anderer Gast – alleinreisend – fragte, ob er einen sprechenden Papagei auf seinem Zimmer haben könne. Ob Sie's glauben oder nicht: Wir haben auch diesen Wunsch erfüllt. Dank einer Kollegin, die mal eine Weile als Tierpflegerin im Vogelpark Walsrode gearbeitet hatte … Ähm, bitte, das muss unter uns bleiben, wenn das in Tierschutzkreisen bekannt wird …

Abgelehnt haben wir übrigens den Wunsch eines Gastes, der um eine mit Honig gefüllte Badewanne gebeten hatte …

Aber ich schweife ab.

Besagter Gast also … nun gut, ich will gar nicht länger um den heißen Brei herumreden. Ich denke, ich spreche für das gesamte Team, wenn ich sage: Das war die mit Abstand nervigste Knalltüte, die wir jemals hatten!

So, jetzt ist es raus.

Klar, dass er jetzt tot ist, das hat natürlich auch niemand gewollt.

Ich will versuchen, es zu erklären. Und bitte, ich möchte nicht missverstanden werden, aber ich muss doch auch bereits an dieser Stelle sagen: In gewisser Weise war er selbst schuld.

Denn zu den Lieblingsbeschäftigungen des Herrn G., so will ich ihn hier mal nennen, zu seinen Lieblingsbeschäftigungen gehörte, so zu tun, als sei er … nun ja, als sei er tot.

Ja, lachen Sie nicht. Kein Witz: Er stellte sich tot.

Genauer gesagt: Er tat so, als stürbe er.

Sagt man das so? Stürbe? Egal.

Das erste Mal starb besagter Gast gleich an seinem ersten Abend im Hotel. Er hatte das Zanderfilet mit Kräuterkruste und grünen Bohnen bestellt. Ich befand mich selbst im Speisesaal und plauderte gerade mit Stammgästen, einem sehr netten Ehepaar aus … egal, tut nichts zur Sache … da hörte ich ein Röcheln. Ich blickte auf und sah, wie sich Herr G., der mit seiner Gattin drei Tische weiter saß, an den Hals fasste. Dann rutschte er von seinem Stuhl und blieb mit zappelnden Gliedmaßen auf dem Boden liegen. Ich stürzte zu ihm und kniete mich neben ihn. Er röchelte und versuchte, etwas zu sagen. Ich glaubte die Worte »Fisch« und »Gräte« zu verstehen. Kellner liefen herbei, ich rief ihnen zu, sie sollten sofort einen Notarzt alarmieren.

Ich schaute hilflos zur Gattin des Gastes, und ich weiß noch, dass ich erstaunt registrierte, wie ruhig, ja geradezu teilnahmslos sie auf ihrem Stuhl saß und weiterspeiste, als sei nichts geschehen.

Dann fing G. an zu lachen. Er rappelte sich hoch und meinte: »Schon gut, alles wieder gut. Mir geht's wieder gut.« Er setzte sich zu seiner Frau an den Tisch und griff zum Besteck.

Ich muss zugeben, ich war in dem Moment völlig perplex. Ich fragte G. – der doch eben noch im Sterben gelegen hatte – ob es ihm wirklich gut gehe, ich fragte ihn mehrfach, und er nickte immer wieder fröhlich.

Ich muss ebenfalls zugeben: In diesem Moment war mir noch gar nicht klar, dass er sich einen Scherz erlaubt hatte. Ich dachte, die Fischgräte habe sich gelöst und sei die Kehle hinuntergerutscht, was auch immer.

Später am Abend drehte ich eine letzte Runde durch den Barbereich. Die Stimmung war gut, drei Pärchen tanzten, ich wechselte ein paar Worte mit dem Pianisten, und ich erinnere mich genau: Er klimperte sich gerade durch »The Girl from Ipanema«, als ich im Augenwinkel bemerkte, wie es an der Bar unruhig wurde: Glas klirrte, der erschrockene Ruf einer Frauenstimme erklang, der Barkeeper ließ den Cocktailshaker fallen und setzte sich in Bewegung.

Jemand rief: »Er hat die Olive verschluckt! Er erstickt!«

Ich sprintete die wenigen Meter bis hinter die Bar, der Barkeeper hatte den Gast bereits erreicht und beugte sich über ihn. Dann hörte ich ein Lachen, das ich an diesem Tag schon einmal vernommen hatte.

G. richtete sich auf und hielt eine Olive hoch. »Scheeerz!«, rief er.

Der Barkeeper und ich standen perplex da. G.s Frau saß ungerührt auf dem Hocker und nippte an einem Kir Royal.

»Herr G.!«, sagte ich streng, und wenn mich meine Erinnerung nicht täuscht, dann wedelte ich sogar mit dem Zeigefinger. »Das ist nicht lustig.«

G. grinste.

Ich atmete tief ein und aus.

G. warf sich fröhlich die Olive in den Mund – und fing im nächsten Moment erneut an zu röcheln, packte sich an den Hals und beugte sich vornüber.

Ich stürzte zu ihm, doch bevor ich ihn erreicht hatte, richtete G. sich wieder auf: »Scheeerz!«

Am nächsten Vormittag saß ich in meinem Büro, als Wiebke aus dem Wellnessbereich hereinstürzte, gefolgt vom Kollegen Onno. Wiebke war völlig außer sich. Sie berichtete, ein Gast habe leblos im Pool getrieben. Sie sei sofort ins Wasser gesprungen, doch als sie den Gast erreicht hatte, habe der prustend den Kopf gehoben und angefangen zu lachen.

Onno bestätigte die Erzählung kopfschüttelnd.

Um welchen Gast es sich handele, fragte ich, doch ich hatte bereits eine Ahnung.

Ich bat Herrn G. um ein Gespräch, und ich übersprang den Small-Talk-Teil: »Sie scheinen ein Liebhaber eines etwas ... makaberen Humors zu sein?«, begann ich, nachdem wir in meinem Büro Platz genommen hatten.

G. schaute ratlos. »Was meinen Sie?«

Ich zog die Augenbrauen zusammen. »Was ich meine? Nun, ich meine Ihre kleinen Scherze. Ihren gestrigen Zusammenbruch beim Dinner zum Beispiel. Ihren Sturz vom Barhocker. Ihren Auftritt im Schwimmbad heute Vormittag.«

»Ach so, meine kleinen Scherze.«

»Genau. Ihre kleinen ... Scherze.«

»Was ist mit meinen kleinen ... Scherzen?«, fragte G. unschuldig.

»Ihre kleinen Scherze sind ... nun ja ... Ihre Scherze irritieren das Personal.«

»So?«

»Ja, und auch die anderen Gäste. Wobei irritieren vielleicht nicht das richtige Wort ist. Ehrlich gesagt, Sie haben uns allen einen ziemlichen Schrecken eingejagt, als Sie da im Restaurant auf dem Boden lagen ... Und in der Bar ... Und heute im Pool!«

G. strahlte mich an: »Ach, das dürfen Sie doch nicht so ernst nehmen.«

Ich öffnete den Mund, schloss ihn wieder, öffnete ihn erneut, schloss ihn, atmete tief ein und aus, sammelte mich. »… Herr G.!«

»Hm?«

»Bitte! Unterlassen Sie Ihre kleinen … Scherze.«

G. kratzte sich am Kopf. Dann hob er den rechten Daumen, kicherte, stemmte sich aus dem Stuhl – und ließ mich einigermaßen ratlos zurück.

Einen Tag später rief mich der Präsident des Golfklubs an.

Der Klubpräsident und ich, wir kennen uns gut. Beim Golfklub Ostfriesland freut man sich natürlich immer, wenn die eine oder andere Berühmtheit, die bei uns absteigt, ein paar Bälle schlägt. Auch wenn man es dort aus den bekannten Gründen nicht an die große Glocke hängt. Diskretion, Sie wissen schon.

Der Präsident kam gleich zum Thema: ob ich einen Herrn G. kenne. Ich ahnte nichts Gutes. Wie sich herausstellte, hatte sich unser Gast für einen Schnupperkurs angemeldet. In der Abschlaghütte sei er dann plötzlich zusammengebrochen, berichtete der Präsident. Er sei erst wieder zum Leben erwacht, als der Golflehrer zur Mund-zu-Mund-Beatmung ansetzen wollte.

Immerhin hatte der Präsident seinen Humor nicht verloren: »Sieht so aus«, meinte er, »als müssten wir die Platzregeln um einen Paragrafen ergänzen: Täuscht ein Spieler seinen eigenen Tod vor, so wird er mit fünf Strafschlägen belegt.«

Ich lachte matt. Anschließend plauderten wir noch ein bisschen über die neuesten Entwicklungen im Fall der Wiesmoor-Connection.

Nachdem ich aufgelegt hatte, sah ich im Computer nach, für wie lange das Ehepaar G. seinen Aufenthalt gebucht hatte. Ich stöhnte leise, als ich das Ergebnis sah: die G.s würden noch eine knappe Woche bleiben.

Tags drauf erblickte ich G.s Gattin, wie sie alleine beim Nachmittagstee in der Orangerie saß. Ich trat an ihren Tisch und deutete auf einen freien Stuhl. »Dürfte ich mich kurz setzen?«

Sie nickte.

»Es ist mir etwas unangenehm«, begann ich und wusste nicht richtig, wie ich fortfahren sollte.

»Ich weiß, ich weiß«, sagte Frau G..

»Sie wissen?«

»Selbstverständlich.«

»Nun ja … wie soll ich sagen … die Scherze Ihres Gatten …«

»Ich weiß.«

»Sie sind …«

»Ich weiß.«

»… etwas …«

»Ich weiß.«

»… makaber.«

»Ich weiß.«

Eine Pause entstand.

»Meine Mitarbeiterinnen und Mitarbeiter …« Ich setzte neu an. »Ich muss Ihnen ehrlich sagen …« Nein, so ging es auch nicht. Ich räusperte mich: »Meinen

Sie, Sie könnten in irgendeiner Weise auf Ihren Gatten einwirken …«

Sie sah mich an.

»… dahingehend, dass er seine … Scherze … unterlässt?«

Sie nippte an ihrem Tee und lächelte mysteriös.

Erneut räusperte ich mich. »Macht er das öfter?«

Ihr Lächeln wurde breiter, aber es wirkte auf eigentümliche Weise traurig. »Er brach bei unserer Hochzeit zusammen. In der Kirche. Vor 150 Gästen.«

»Oh.«

»Er brach bei einem Konzert der Berliner Philharmoniker zusammen.«

»Ach.«

»Er erstickte bei der Taufe seiner Tochter.«

»Ui.«

»Er sackte zusammen bei der Verleihung des Bundesverdienstkreuzes.«

»Oha.«

Frau G. schob sich ein Stück unserer beliebten Ostfriesentorte in den Mund.

Ich schaute ihr beim Kauen zu. »Ich verstehe«, sagte ich dann.

Jetzt frage ich Sie, was macht man in so einer Situation? Es heißt ja: »Wer einmal lügt, dem glaubt man nicht, und wenn er auch die Wahrheit spricht.« Ich meine, wir kennen ja alle Äsops berühmte Fabel vom Hirtenjungen und dem Wolf: Ein Hirtenjunge hütet eine Herde Schafe. Er langweilt sich und überlegt sich irgendwann, einen Spaß zu machen. Er ruft »Hilfe, der Wolf kommt!«. Die Bewohner des Dorfs eilen herbei, aber als sie auf der Wiese ankommen, lacht der Hirtenjunge nur und freut sich, dass er den Dorfbewohnern einen Schrecken eingejagt hat. Irgendwann taucht tatsächlich ein Rudel Wölfe auf. Der Hirtenjunge ruft wieder um Hilfe, aber die Dorfbewohner zucken mit den Schultern und sagen sich: »Ein zweites Mal lassen wir uns nicht hinters Licht führen.« Die Wölfe fressen die Schafe – und den Hirtenjungen gleich mit.

In den folgenden Tagen hatte Herr G. tot in einem der Hotelflure gelegen, war röchelnd in der finnischen Sauna zusammengebrochen (und hatte damit die ebenfalls Anwesenden zu Tode erschreckt, na ja, fast) und hatte auf einer geführten Wanderung durch den Neuenburger Urwald einen Herzinfarkt markiert.

Aber als ich dachte, schlimmer kann's nicht mehr kommen, rief mich der Bürgermeister von Wiesmoor an. »Das ist ja wirklich kriminell!«, begann er das Telefonat – und ich dachte, er wolle mit mir über die neuesten Entwicklungen im Fall der Wiesmoor-Connection plaudern. Falsch gedacht. Ob ich einen Herrn G. kenne, fragte der Bürgermeister. Ich seufzte.

Wie mir der Bürgermeister berichtete, hatte G. das Blütenfest besucht. Blütenfest in Wiesmoor, davon haben Sie bestimmt schon mal gehört, oder? Größtes Blütenfest im norddeutschen Raum. Riesen Tradition. Und ein wichtiger Teil der Tradition ist die Wahl der neuen Blütenkönigin.

Na ja, ich will das hier gar nicht alles erzählen. Sie können es sich selbst auf *YouTube* anschauen. Da finden Sie jede Menge Videos, wie Herr G. vor einem prächtig geschmückten Blütenwagen zusammenbricht – und zwar unmittelbar nachdem der Name der neuen Blütenkönigin bekanntgegeben worden war. Für Ranuncula I. und die beiden Prinzessinnen sollte es der schönste Tag werden. Die armen Mädels bekamen natürlich einen Schreck fürs Leben.

Was also macht man mit jemandem, der andauernd so tut, als stürbe er? Ich meine, bei aller Dramatik ist doch wohl klar, dass irgendwann der Bogen überspannt ist.

Nun ja, dieser Punkt war bei mir nach dem Telefonat mit dem Bürgermeister erreicht.

Am nächsten Vormittag saß Herr G. leblos in einem Sessel in einer Nische der Bibliothek, eine Mitarbeiterin von der Rezeption machte mich darauf aufmerksam.

Ich schüttelte den Kopf. »Schluss jetzt! Wir lassen ihn da sitzen«, raunte ich der Kollegin zu.

Ich muss zugeben, ich habe Herrn G. dann fast vergessen. Was vor allem daran lag, dass ich mich um andere Dinge kümmern musste: ein paar Bewerbungsgespräche, Telefonat mit den Eigentümern, Menü für den nächsten Monat abnicken, Angebote für die neue Weihnachtsbeleuchtung vergleichen, langweiliges Zeug lesen …

Am späten Nachmittag blickte eine Kollegin in mein Büro und flüsterte: »Er sitzt immer noch im Sessel.«

Ich machte eine beschwichtigende Handbewegung.

Der Tisch der G.s blieb an diesem Abend leer. Herr G. saß immer noch in der Bibliothek; und auf meine Frage, ob er wisse, ob Frau G. noch zum Dinner erscheinen werde, erklärte der Maître d'Hôtel, sie habe sich das Essen aufs Zimmer bestellt. Ich konnte gut verstehen, dass sie sich diese Blöße nicht geben wollte: allein am Tisch zu sitzen, während der Gatte mal wieder Leiche spielt.

Bevor ich das Haus an diesem Abend verließ, warf ich einen letzten Blick in die Bibliothek. G. saß unverändert in dem Sessel. Ein Kollege kam hinzu und raunte: »Der hat Nerven.«

Ich raunte zurück: »Wer einmal lügt, dem glaubt man nicht – und wer zehnmal stirbt, dem hilft man nicht.«

Am nächsten Morgen fing mich die Housekeeping-Managerin ab: »Herr G. sitzt immer noch in der Bibliothek. Wir haben um ihn herumgesaugt.« Sie schaute mich hilflos an und zuckte mit den Schultern.

»Okay. Es reicht«, sagte ich. »Kommen Sie mit.«

Gemeinsam näherten wir uns diesem Gast des Grauens.

»Herr G., das ist nicht Ihr Ernst«, begann ich. »Sie haben nicht die ganze Nacht im Sessel verbracht, oder? Sie haben sich eben erst wieder hierhergesetzt.« Ich ließ mich im Nachbarsessel nieder, beugte mich vor und faltete die Hände. »Herr G., Sie müssen damit aufhören, vor allem Ihrer Frau zuliebe. Herr G., bitte!« Ich berührte ihn an der Schulter und schüttelte sie ganz leicht.

Herr G. kippte zur Seite.

»Herr G.!«, sagte ich. »Bitte beenden Sie diesen Unfug. Der Scherz verliert mit der Zeit doch sehr an Originalität.«

Ich schüttelte ihn stärker. Herr G. kippte nach vorn und rutschte vom Sessel.

»Herr G.«, sagte ich streng. »Es reicht! Es reicht wirklich!«

Nun ja, Sie ahnen es sicher längst. Herr G. war tot. Also: richtig tot.

Ich machte mich auf die Suche nach seiner Frau, um ihr die Nachricht zu überbringen. Wir sprachen eine Weile, am Ende bedankte sie sich.

Nein, ich denke nicht, dass jemand angesichts der »kalten Abreise« des Herrn G. ins Grübeln kommen wird. Dazu müsste es ja zunächst mal einen Hinweis auf einen unnatürlichen Tod geben. Doch der hinzugerufene Arzt hat selbstredend eine natürliche Todesursache festgestellt. Ein guter Freund. Ich hatte ihn um Diskretion gebeten. Fast möchte ich sagen: Wir sind ein eingespieltes Team.

Natürlich habe ich diesen speziellen Service schon mehrfach angeboten. Man glaubt ja gar nicht, wie viele unglückliche Beziehungen es gibt.

Wenn ich ehrlich sein soll: In diesem doch sehr speziellen Fall bin ich erstmals sogar proaktiv auf Frau G. zugegangen. Ich hatte einfach Mitleid mit ihr.

Es war dann kein großes Ding, Herrn G. eine kleine, aber hochwirksame Menge eines Pülverchens im Fenchel-Anis-Kümmel-Tee aufzulösen. Zumal Herr G. den Tee an jenem Vormittag direkt bei mir bestellt hatte. Und später, na ja, später habe ich anstandshalber immer mal bei ihm vorbeigeschaut. Und zwar so, dass ich dabei wiederum von anderen gesehen wurde.

Und schließlich: Da die Housekeeping-Managerin dabei war, als ich Herrn G. vergeblich wachzurütteln versucht habe, wird sie bestätigen, dass ich vollkommen überrascht, mehr noch: erschüttert war, unseren Gast tatsächlich tot vorzufinden.

Wenn mich dennoch irgendwann jemand fragen sollte, ob ich etwas zum merkwürdigen Verhalten des Herrn G. sagen kann, dann werde ich die These anbringen, dass er mit seinen bizarren Scherzen eine Art Todessehnsucht ausdrücken wollte. Könnte doch sein.

Ansonsten gilt, Sie wissen schon, Diskretion.

Wie bitte? Sie möchten einen Urlaub bei uns buchen? Tun Sie sich keinen Zwang an. Wir freuen uns auf Sie.

KURZBIOGRAFIEN

Ulrike Barow, geboren 1953 in Gütersloh, lebt mit ihrer Familie im schönen Leer und auf der Nordseeinsel Baltrum. Sie ist gelernte Buchhändlerin. Ihre Kriminalromane spielen alle auf Baltrum. So wird die Insel seit 15 Jahren regelmäßig von einem Verbrechen erschüttert. Außerdem ist sie in vielen Anthologien mit Kurzgeschichten vertreten. Sie ist Mitglied der *Mörderischen Schwestern* und im *SYNDIKAT*. Zuletzt erschienen (alle im *Gmeiner-Verlag*): *Baltrumer Zukunft* (2022), *Baltrumer Dünensingen* (2021), *Baltrumer Wattenschmaus* (2020).

Mehr Infos unter www.barow-baltrum.de

*

Heike Gerdes, geboren 1964 in Untersimonswald, lebt in Leer (Ostfriesland). Nach Redaktionsvolontariat und jahrelangem Redakteursdasein bei verschiedenen niedersächsischen Tageszeitungen arbeitete sie als freie Mitarbeiterin bei Zeitungen, Zeitschriften und einem Internetmagazin. Im Januar 2000 gründete sie den *LEDA*-Verlag, der seit Anfang 2020 Bestandteil des *Gmeiner-Verlages* ist. Von 2011 bis 2022 betrieb sie die Krimibuchhandlung *Tatort Taraxacum* mit Café, Weinstube und Kleinkunstbühne in Leer, mit der sie zweimal den Deutschen Buchhandlungspreis gewann. Sie ist Mitglied im *SYNDIKAT* und leitet dort die Geschäftsstelle. Zuletzt erschienen: *Friesisches Käsekartell* (2022), *Soja nun auch nicht* (2020), beide im *Gmeiner-Verlag*.

Mehr Infos unter www.mordwesten.de

*

Peter Gerdes, geboren 1955, lebt in Leer (Ostfriesland). Studierte Germanistik und Anglistik, arbeitete als Journalist und Lehrer. Seit 1995 schreibt er Krimis, seit 1999 ist er Leiter des Festivals *Ostfriesische Krimitage*. Von 2011 bis 2022 betrieb er zusammen mit seiner Ehefrau Heike die Krimibuchhandlung *Tatort Taraxacum* mit Café, Weinstube und Kleinkunstbühne in Leer. Seit 2018 CRIMINALE-Beauftragter des *SYNDIKATS*. Die Kriminalromane *Der Etappenmörder*, *Fürchte die Dunkelheit* und *Der siebte Schlüssel* wurden jeweils für den Literaturpreis »Das neue Buch« nominiert. Zuletzt erschienen (alle im *Gmeiner-Verlag*): *Oldenburger Kohlkönig* (2022), *Fiese Friesen – Inselmorde zwischen Watt und Düne* (2022), *Verrat verjährt nicht* (2021), *Hetzwerk* (2021).

Mehr Infos unter www.mordwesten.de

*

Peter Godazgar, geboren 1967, wuchs in Hückelhoven (Nordrhein-Westfalen) auf und besuchte unter anderem die Henri-Nannen-Journalistenschule in Hamburg. Er lebt in Halle/Saale und arbeitet dort hauptberuflich als stellvertretender Pressesprecher der Stadt. Seine kriminellen Fantasien lebt er in Romanen und einer stetig wachsenden Zahl von Kurzgeschichten aus. Drei davon wurden für den *GLAUSER* (Krimipreis des *SYNDIKATS*) nominiert. Zuletzt erschien die Kurzgeschichtensammlung *Killer am Rande des Nervenzusammenbruchs* (2020).

Mehr Infos unter www.peter-godazgar.de

*

Regine Kölpin, geboren 1964 in Oberhausen (Nordrhein-Westfalen), lebt seit ihrer Kindheit in Friesland an der Nordsee. Sie hat für namhafte Verlage zahlreiche Romane und Kurztexte publiziert, und ihre Bücher waren auch auf der *Spiegel*-Bestsellerliste zu finden. Regine Kölpin wurde mehrfach ausgezeichnet, z.B. mit dem *Bronzenen Homer* 2020 (mit Gitta Edelmann) / Titel: *Starke Frau Frieslands* (2011), *Tatort Töwerland* (2010). 1. Platz E.G.O.N.2009 u.v.m.. Mit ihrem Mann Frank Kölpin lebt sie in einem kleinen idyllischen Dorf an der Küste. Dort konzipieren sie gemeinsam Musik- und Bühnenprojekte und genießen ihr Großfamiliendasein mit fünf erwachsenen Kindern und mehreren Enkeln oder lassen sich auf ihren Reisen mit dem Wohnmobil zu Neuem inspirieren.

Mehr Infos unter www.regine-koelpin.de

*

Ralf Kramp, geboren 1963 in Euskirchen, lebt in einem alten Bauernhaus in der Eifel und betreibt zusammen mit seiner Frau Monika in Hillesheim des *Kriminalhaus* mit dem Deutschen Krimi-Archiv (30.000 Bände), dem *Café Sherlock*, einem Krimi-Antiquariat und der Buchhandlung *Lesezeichen*. Außerdem leitet er den *KBV-Verlag*. Seine Vorlese-Shows sind legendär. Zuletzt erschienen: *Ein Grab für zwei* (KBV, 2021).

Mehr Infos unter www.ralfkramp.de, www.kriminalhaus.de

*

Tatjana Kruse, Jahrgangsgewächs aus süddeutscher Hanglage, lebt und arbeitet zwar als Krimödienautorin in Schwäbisch Hall, aber sie liebt das Meer – vor allem die Nordsee. Und weil sie so sehr gern nach Juist übersetzt, hat sie selbstverständlich schon erlebt, wie ihr die tidenabhängige Fähre vor der Nase wegfuhr. Bei einer solchen Gelegenheit entstand die Idee zu dieser Geschichte.

Mehr Infos unter www.tatjanakruse.de

*

Günter Neuwirth wuchs in Wien auf. Nach einer Ausbildung zum Ingenieur und dem Studium der Philosophie und Germanistik zog es ihn für mehrere Jahre nach Graz. Heute wohnt er am Waldrand der steirischen Koralpe. Der Autor arbeitet als Informationsarchitekt an der TU Graz. Neuwirth ist Autodidakt am Piano und trat während des Studiums in Wiener Jazzklubs auf. Eine Schaffensphase führte ihn als Kabarettisten auf zahlreiche Kleinkunstbühnen. Seit 2008 publiziert er Romane, vornehmlich Krimis. Zuletzt erschienen: *Caffè in Triest* (2022), *Dampfer nach Triest* (2020).

Mehr Infos unter www.guenterneuwirth.at

*

Günther Thömmes, 1963 geboren und in der Bierstadt Bitburg in der Eifel aufgewachsen, ist Diplom-Braumeister. Er bereiste viele Jahre lang beruflich die Welt, hauptsächlich in Sachen Bier. Einige Jahre lang betrieb er auch eine eigene Brauerei, die *Bierzauberei*, als Pionierprojekt in der noch jungen Craftbier-Szene. 2008 gab er mit »Der Bierzauberer« sein Debüt als Romanautor, dem bislang acht weitere Romane sowie einige Kurzkrimis folgten. Er schreibt über alles, was ihn interessiert. Nicht nur Bier. Der Autor ist verheiratet, hat einen Sohn und lebt in Brunn am Gebirge in der Nähe von Wien. Außerdem wurde er 2018 ZDF-Quizchampion. Mehr Infos unter https://www.gmeiner-verlag.de/autoren/autor/52-guenther-thoemmes.html

*

Barbara Wendelken, geboren 1955 in Schwanewede bei Bremen, lebt in Ostfriesland, wo auch die meisten ihrer Romane spielen. Bevor sie das Schreiben für sich entdeckte, war sie Kinderkrankenschwester. Seit ihrer ersten Veröffentlichung 1993 sind zwölf Romane, mehr als 30 Kinderbücher, eine Erzählung, zwei Hörspiele und diverse Kurgeschichten erschienen. Einige Kinderbücher wurden in andere Sprachen übersetzt, ihre Gesamtauflage liegt bei 500.000 Büchern. Zuletzt erschienen: *Nur wer die Hölle kennt* (2019, Piper-Verlag).

Mehr Infos unter www.barbarawendelken.de

*

Klaus-Peter Wolf, geboren 1954 in Gelsenkirchen, lebt als freier Schriftsteller in der ostfriesischen Stadt Norden. Seine Bücher und Filme wurden mit zahlreichen Preisen ausgezeichnet. Bislang sind seine Werke in 26 Sprachen übersetzt und über 14 Millionen Mal verkauft worden. Mehr als 60 seiner Drehbücher wurden verfilmt, darunter viele für *Tatort* und *Polizeiruf 110*. Wolf ist Mitglied im *PEN-Zentrum Deutschland* und im *SYNDIKAT*. Die Romane seiner Serie mit Hauptkommissarin Ann Kathrin Klaasen stehen regelmäßig mehrere Wochen auf Platz eins der *Spiegel*-Bestsellerliste.

Mehr Infos unter www.klauspeterwolf.de

Hauptkommissar Stahnke ermittelt:

1. und 2. Fall: Ein anderes Blatt / Thors Hammer
ISBN 978-3-939689-11-9

3. Fall: Ebbe und Blut
ISBN 978-3-8392-2664-3

4. Fall: Der Tod läuft mit
ISBN 978-3-934927-86-5

5. Fall: Fürchte die Dunkelheit
ISBN 978-3-8392-2665-0

6. Fall: Solo für Sopran
ISBN 978-3-939689-63-8

7. Fall: Der siebte Schlüssel
ISBN 978-3-934927-99-5

8. Fall: Wut und Wellen
ISBN 978-3-939689-34-8

9. Fall: Sand und Asche
ISBN 978-3-939689-15-7

10. Fall: Zorn und Zärtlichkeit
ISBN 978-3-939689-64-5

11. Fall: Der Fluch der goldenen Möwe
ISBN 978-3-86412-013-8

12. Fall: Langeooger Lügen
ISBN 978-3-8392-2667-4

13. Fall: Ostfriesische Verhältnisse
ISBN 978-3-86412-077-0

14. Fall: Langeooger Serientester
ISBN 978-3-8392-2883-8

15. Fall: Langeooger Dampfer
ISBN 978-3-8392-2666-7

16. Fall: Hetzwerk
ISBN 978-3-8392-2830-2

17. Fall: Verrat verjährt nicht
ISBN 978-3-8392-0089-6

18. Fall: Oldenburger Kohlkönig
ISBN 978-3-8392-0292-0

Alle Bücher von Peter Gerdes finden Sie unter **www.gmeiner-verlag.de**